westermann

Gesellschaft bewusst 7/8

Duales Förderheft
sprachsensibel und inklusiv

Autorinnen
Saskia Brandt
Norma Kreuzberger
Eileen Schmidtke

unter Mitwirkung
der Verlagsredaktion

westermann GRUPPE

Druck A[1] / Jahr 2022
Alle Drucke der Serie A sind im Unterricht parallel verwendbar.

Die Seiten dieses Produkts bestehen zu 100 % aus Altpapier.

Damit tragen wir dazu bei, dass Wald geschützt wird, Ressourcen geschont werden und der Einsatz von Chemikalien reduziert wird. Die Produktion eines Klassensatzes unserer Arbeitshefte aus reinem Altpapier spart durchschnittlich 12 Kilogramm Holz und 178 Liter Wasser, sie vermeidet 7 Kilogramm Abfall und reduziert den Ausstoß von Kohlendioxid im Vergleich zu einem Klassensatz aus Frischfaserpapier. Unser Recyclingpapier ist nach den Richtlinien des Blauen Engels zertifiziert.

Redaktion: Heidrun Kiegel, Köln
Umschlaggestaltung: LIO Designagentur, Braunschweig
Druck und Bindung: Westermann Druck GmbH, Georg-Westermann-Allee 66, 38104 Braunschweig

ISBN 978-3-14-**113009**-6

erledigt

Teil A: Sprachförderung

Stadt, Land, Flucht

Entdecken! Erobern? Ausbeuten?

Endlich erwachsen

Wohnen in (m)einer Stadt

Schülerbuch Seite 12

Wohnen in der Region Hannover

Tim wohnt in **Langenhagen.** *Langen-hagen*
Die Wohnung hat 2 Zimmer.
Grünflächen gibt es in der Nähe. *Grün-flächen*
Der Lärm der Flugzeuge stört. *Flug-zeuge*

Paula wohnt in **Wunstorf.** *Wuns-torf*
Sie fährt jeden Tag mit dem Bus zur Schule.
Die Familie hat ein eigenes Haus mit Garten.
Paulas Vater fährt mit dem Zug zur Arbeit in Hannover.

Deniz wohnt in **Laatzen.**
Es gibt viele Geschäfte in der Nähe.
Mit der S-Bahn ist er schnell in der Innenstadt. *Innen-stadt*
Seine Mutter fährt mit dem Auto zur Arbeit nach Hildesheim. *Hildes-heim*
Die Autobahn ist in der Nähe. *Auto-bahn*
Sein Vater steht oft mit dem Auto im Stau.
Das Wohnhaus steht am Rand eines Industriegebiets. *Wohn-haus* *Industrie-gebiet*

Elena wohnt in einem Vierfamilienhaus in der **Innenstadt** in der Nähe der Oper. *Vier-familien-haus*
Die Miete für die Wohnung ist hoch.
Die Familie braucht kein Auto.
Mit der U-Bahn kommt man überall hin.

1 Unterstreiche in Grün, was dir gefällt, in Rot, was dir nicht gefällt.

Region Hannover – thematische Karte

Schülerbuch Seite 13

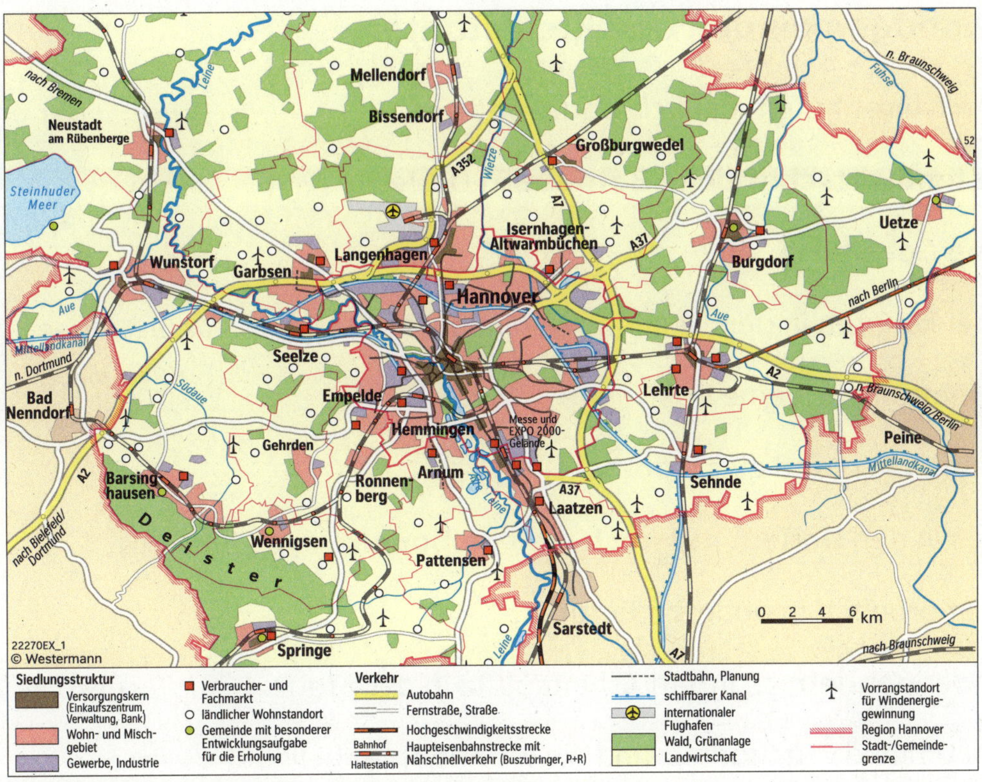

M1 Flächennutzung Region Hannover

2 **Werte die Karte aus. Fülle dazu die Lückentexte aus.**

1. Schritt: Karte lesen

Das Thema der Karte ist: ____.

Der Raumausschnitt liegt in ___________________________ (Bundesland).

Es gibt Signaturen zur Siedlungs-_____________, zum _____________

und zur sonstigen Flächennutzung.

2. Schritt: Karteninhalt erklären

Auffallend ist die große Fläche im Zentrum der Karte, die vom Versogungs-

_____________, dem _______________________ und von _____________

und _____________ eingenommen wird. Um den Siedlungsraum herum

sieht man Flächen, die von der _________________ genutzt werden. Weiter

entfernt nehmen die Flächen zu, die von _____________ bedeckt sind.

Stadtleben oder Landleben?

Schülerbuch Seite 16

Leben in Landgemeinden und Kleinstädten

Dörfer waren **früher** hauptsächlich **Bauerndörfer.** Es gab viele **landwirtschaftliche Betriebe** in Dörfern. Es gab **kleine Geschäfte.** Die Bewohner konnten in den Geschäften einkaufen. Viele Dörfer hatten auch eine Post, eine Bank, einen Arzt und eine Apotheke. **Heute** gibt es in den Dörfern **nur noch wenige Bauern.** Die Bewohner arbeiten in anderen Berufen. Viele Bewohner **pendeln** zu ihrem Arbeitsplatz in der Stadt. Die Dörfer im Umland von Städten sind als **Wohngebiet** beliebt. Man wohnt dort naturnah. Große **Neubaugebiete** sind entstanden. **Einige Dörfer** haben sich **schlechter entwickelt.** Sie liegen meistens **weit weg von großen Städten.** **Junge Leute** verlassen diese Dörfer. Sie finden **keinen Arbeitsplatz.** Sie ziehen deshalb in die Städte.

Bauern-dörfer
land-wirtschaft-liche
der Bewohner
die Bewohner
Arbeits-platz
Um-land
Wohn-gebiet
natur-nah
Neu-bau-gebiete

1 Ergänze jeweils die Einzahl oder Mehrzahl.
Du findest sie im Text.

Dorf	–	________	________	–	Arbeitspätze
________	–	Geschäfte	Stadt	–	________
________	–	Bewohner	________	–	Gebiete
Bauer	–	________			

Ländliche Orte im Vergleich

Schülerbuch Seite 17

Landgemeinde / Kleinstadt	Einwohner	Einwohner-entwicklung seit 2011	Einwohner-prognose bis 2030	Durch-schnitts-alter	Anteil < 18 Jahre	Anteil 65–79 Jahre	Arbeits-losen-anteil	Bewohner in Ein- und Zwei-Familien-häusern
Stadt Braunlage	5854	-5,8 %	-17,8 %	125	11 %	23 %	6,5 %	46 %
Samtgemeinde Katlenburg-Lindau	7005	-3,6 %	-12,4 %	46	16 %	16 %	4,1 %	82 %
Gemeinde Wendeburg	10307	3,5 %	-0,3 %	44	18 %	14 %	3,1 %	78 %

M1 Ländliche Orte im Vergleich

Anmerkung (Beispiele): 46 % bedeutet 46 von 100
-5,8 % bedeutet einen Rückgang
3,5 % bedeutet eine Zunahme

WORTBOX

viel/viele – mehr – am meisten
wenige – weniger – am wenigsten
hoch – höher – am höchsten
niedrig – niedriger – am niedrigsten
ist zurückgegangen
hat zugenommen

1 Beschreibe die Unterschiede zwischen den Landgemeinden und Kleinstädten. Tipp: Benutze die Wortbox.

Braunlage hat ____________________ Einwohner als Katlenburg-Lindau.

Wendeburg hat ____________________ Einwohner als Katlenburg-Lindau.

In Braunlage ist die Einwohnerzahl seit 2011 ____________________.

In Wendeburg hat die Einwohnerzahl ____________________.

Das Durchschnittsalter ist in Braunlage ________________ als in Wendeburg.

Das Durchschnittsalter ist in Wendeburg ________________ als in Katlenburg-Lindau.

Der Anteil der Kinder und Jugendlichen ist in Wendeburg am ____________.

Der Anteil der Kinder und Jugendlichen ist in Braunlage am _____________.

Der Anteil der 65- bis 79-Jährigen ist in Braunlage am __________________.

Der Arbeitslosenanteil ist in Wendeburg am __________________.

In Wendeburg wohnen ______________ Einwohner in Ein- und Zweifamilienhäusern als in Braunlage.

Leben auf dem Land im Mittelalter

Schülerbuch Seite 18

Bäuerlicher Alltag

Im **Mittelalter** gehörte jeder Mensch einem **Stand** an. *Mittel-alter*
Es gab **drei Stände**.
Geistliche gehörten zum **ersten Stand.** *Geist-liche*
Adlige gehörten zum **zweiten Stand.** *Ad-lige*
Bauern und **Bäuerinnen** sowie **Bürger** gehörten zum **dritten Stand.**
Die meisten Bauern waren abhängig von einem adligen Grundherrn oder einem Kloster. *Grund-herrn*
Das Leben der Bauernfamilien war hart und eintönig. *Bauern-familien*
Die ganze Familie musste bei der Arbeit mithelfen.
Die Bauernfamilien lebten in **Lehmhütten.** *Lehm-hütten*
Das **Vieh** lebte mit in der Hütte.
Pferde waren wichtige Arbeitstiere. *Arbeits-tiere*
Rinder, Schweine und Ziegen lieferten Nahrung und Dünger.
Schafe brauchte man wegen der Wolle.
Obst, Gemüse und Kräuter gab es im **Garten.**
Getreide wuchs auf den **Feldern.**

1 **Ordne die Satzteile richtig zu wie im Beispiel.**

Geistliche gehörten	in Lehmhütten.
Bauernfamilien gehörten	zum dritten Stand.
Pferde waren	zum ersten Stand.
Die Bauernfamilien lebten	Nahrung und Dünger.
Das Vieh lieferte	wichtige Arbeitstiere.

Für eine Bauernfamilie gab es viel zu tun

Schülerbuch Seite 19

1 Trage unter den Abbildungen ein, welche Tätigkeit ausgeführt wird. Tipp: Nimm M5 auf Seite 19 im Schülerbuch zu Hilfe.

Stadtgründungen im Mittelalter

Schülerbuch Seite 20

Städte entstehen

Die **ältesten Städte** in Deutschland sind **Römerstädte.**	*Römer-städte*
Kleine **Siedlungen** gab es im Mittelalter **bei Burgen,**	*Mittel-alter*
an den Kreuzungen von **Handelswegen**,	*Handels-wege*
an Flussübergängen, sogenannten **Furten**,	*Fluss-über-gänge*
und **an Meeresbuchten.**	*Meeres-buchten*
Könige und Fürsten gründeten im Mittelalter neue Städte.	
Mittelalterliche Städte hatten eine **Stadtmauer** mit **Toren.**	*Stadt-mauer*
Die Häuser waren eng aneinandergebaut.	*aneinander-gebaut*
Die **Gassen** waren schmal.	

Der Marktplatz

Der **Marktplatz** war der Kern der Stadt.	*Markt-platz*
Hier standen die **Kirche** und das **Rathaus.**	*Rat-haus*
Es gab festgelegte **Markttage.**	*Markt-tage*
Bauern, Handwerker und Händler verkauften ihre Waren.	*Hand-werker*
Der Stadtherr erhielt **Abgaben** für die verkauften Waren.	*Stadt-herr, Ab-gaben*
Der Markt war eine wichtige **Einnahmequelle.**	*Einnahme-quelle*
Das **Marktrecht** war also wichtig für eine Stadt.	*Markt-recht*

1 Kreuze an, was typisch für eine mittelalterliche Stadt ist.

☐ **Parkanlage**	☐ **Stadtmauer**	☐ **Hochhaus**	☐ **Tore**
☐ **Marktplatz**	☐ **enge Gassen**	☐ **Kirche**	☐ **Kaufhaus**
☐ **breite Straßen**	☐ **Rathaus**	☐ **Parkplätze**	☐ **Fußgängerzone**

Eine Stadt im Mittelalter

Schülerbuch Seite 20

Das ist die

________________________.

Sie schützt die Stadt.

Diese Stadt liegt an einem

________________________,

einer sogenannten

________________________.

M1 Eine Stadt im Mittelalter

Der ________________________

ist der Kern der Stadt.

Wer in die Stadt will, wird am

____________________ kontrolliert.

1 **Trage die richtigen Begriffe in die Lückentexte an der Abbildung ein.**

2 **Warum war das Marktrecht wichtig für eine Stadt?**

____

____

____

____

Europa – ein Auswanderungskontinent

Schülerbuch Seite 26

Auswandern in die USA

Europa war bis Mitte des 20. Jahrhunderts ein *Jahr-hundert*
Auswanderer-Kontinent. *Aus-wanderer*
Viele Menschen aus Europa wanderten in die USA aus.
Gründe dafür waren: **Missernten** und **Hungersnöte.** *Miss-ernten* *Hungers-nöte*
Fürsten regierten in Deutschland.
Es gab noch keine Demokratie.
Die Menschen wurden **unterdrückt.** *unter-drückt*
Besonders viele Menschen wanderten nach der
gescheiterten **Revolution** von 1848 aus.
Kriegszeiten waren auch ein Grund, *Kriegs-zeiten*
zum Beispiel von 1865 bis 1871.
Die Auswanderer erhofften sich **Freiheit** und **Frieden.** *Frei-heit*
Sie wollten ein **besseres Leben** für sich und ihre Kinder.
Sie fuhren mit dem Schiff von Bremerhaven oder *Bremer-haven*
Hamburg aus nach Amerika.
Die Reise dauerte 5 bis 6 Wochen.

1 **a) Unterstreiche in der Wortbox in Rot die Gründe, warum Menschen auswanderten.**

b) Unterstreiche in Grün, was sich die Menschen in den USA erhofften.

WORTBOX

Kriege ***Frieden***
gescheiterte Revolution ***Herrschaft der Fürsten***
Freiheit ***Hungersnöte*** ***Missernten***
besseres Leben ***Unterdrückung***

Auswanderung im 19. Jahrhundert

Schülerbuch Seite 27

Vereinigte Staaten von Amerika – der Staat Nebraska

Wir suchen vor allem Ackerbau treibende Siedler. Schönstes Farmland wird zu einem günstigen Preis angeboten. Die Nähe zur Stadt Lincoln sichert den Absatz zu höchsten Preisen.

M1 Anzeige in einer Zeitung in Deutschland

M2 Siedlerfamilie aus Deutschland in Nebraska (USA)

1 **Lies die Anzeige (M1) und erkläre, warum die Familie (M2) ausgewandert ist.**

____

____

2 **Überlege, was die 3 Mitglieder der Familie sagen könnten.**

(1) ____

(2) ____

(3) ____

Die Neue Welt: Europäer entdeckten sie

Schülerbuch Seite 50

Neues Weltbild, Erfindungen und neue Technik

Die **„Neuzeit“** beginnt um 1500. *Neu-zeit*

Die **Seefahrt** veränderte sich in der Neuzeit. *See-fahrt*

Seefahrer unternahmen **Entdeckungsfahrten.** *Entdeckungs-fahrten*

Portugiesische Seefahrer umrundeten die Welt in knapp drei Jahren. *See-fahrer*

Erfindungen waren für den Erfolg der Entdeckungsfahrten wichtig. *Er-findungen*

Der **Sextant** und der **Kompass** waren neu. *Kom-pass*

Man konnte nun **Entfernungen** und die **Himmelsrichtungen** besser bestimmen. *Ent-fernungen* *Himmels-richtungen*

Der **Schiffsbau** veränderte sich. *Schiffs-bau*

Schiffe hatten nun große **Ladeflächen** und große **Segelflächen**. *Lade-flächen* *Segel-flächen*

Die Schiffe waren nun schnell und sicher.

Neue Bedingungen für den Handel

Italienische **Kaufleute** aus Genua und Venedig führten **Waren** aus dem **Fernen Osten** nach Europa ein. *Kauf-leute*

Dieser Handel ging ab 1453 stark zurück.

Die Türken gründeten nämlich das **Osmanische Reich.** *Os-manische*

Der osmanische Sultan verlangte hohe **Zollabgaben** und kontrollierte den Handel. *Zoll-abgaben*

Die Händler suchten einen anderen Weg nach Asien.

1 Unterstreiche, was sich in der Seefahrt veränderte.

Neue Wege zu unbekannten Kontinenten

Schülerbuch Seite 50

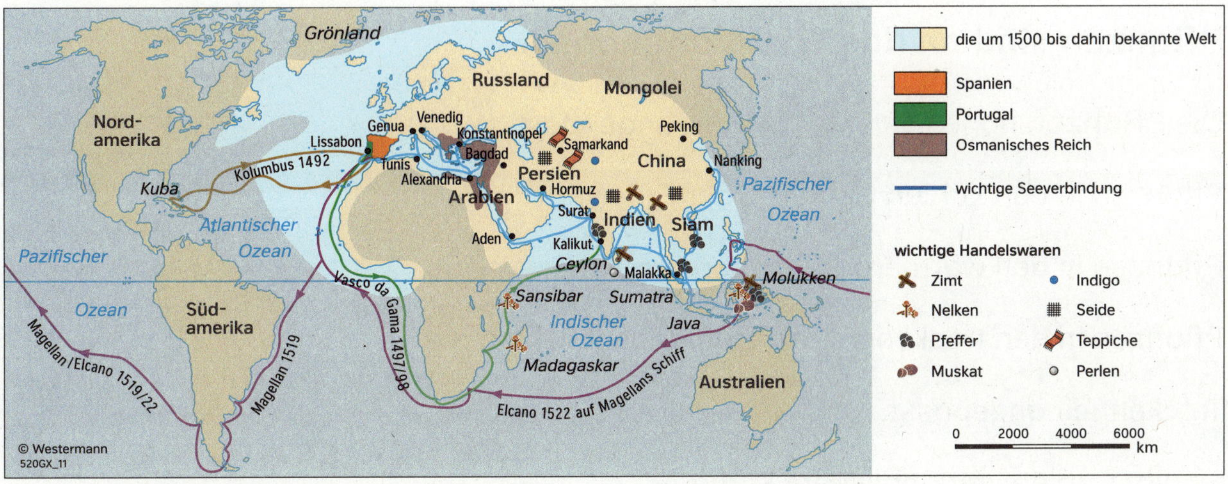

M1 Handelswege und Entdeckungsfahrten

1 Trage in die Tabelle die Handelsgüter ein.

Persien	
Indien	
China	
Siam	
Ceylon	
Molukken	

2 Erkläre, warum ab 1453 der Seeweg nach Asien so wichtig wurde.

Warum wachsen bei uns keine Bananen?

Schülerbuch Seite 56

Pflanzen sind an das Klima angepasst

Die **Pflanzen** haben sich dem **Klima** angepasst.
Pflanzen in den kühlen Gebieten der Erde vertragen Kälte.
Pflanzen in den wärmeren Gebieten brauchen Wärme.
Pflanzen in den trockenen Gebieten haben sich an die Trockenheit angepasst. *Trocken-heit*
Es gibt Gebiete mit ähnlichem Klima.
Deshalb gibt es auch Gebiete mit ähnlicher Vegetation.
Man hat die Gebiete der Erde mit ähnlicher Vegetation in **Vegetationszonen** zusammengefasst. *Vegetations-zonen*

Steckbrief Banane

Die Banane stammt ursprünglich aus Südostasien. *Süd-ost-asien*
Die Bananenpflanze braucht ein feucht-warmes Klima mit einer Temperatur um 27 Grad Celsius. *Bananen-pflanze*

Steckbrief Zuckerrohr *Zucker-rohr*

Zuckerrohr stammt ursprünglich aus Ostasien. *Ost-asien*
Die Pflanze braucht Temperaturen zwischen 25 und 30 Grad Celsius.
Sie braucht sehr viel Wasser.

1 In der Tropenzone in der Nähe des Äquators ist es sehr warm und feucht. Überprüfe mithilfe des Textes, ob das die Bedingungen sind, die Bananen und Zuckerrohr brauchen.

____

____

Das Klimadiagramm von Hannover

Schülerbuch Seite 56

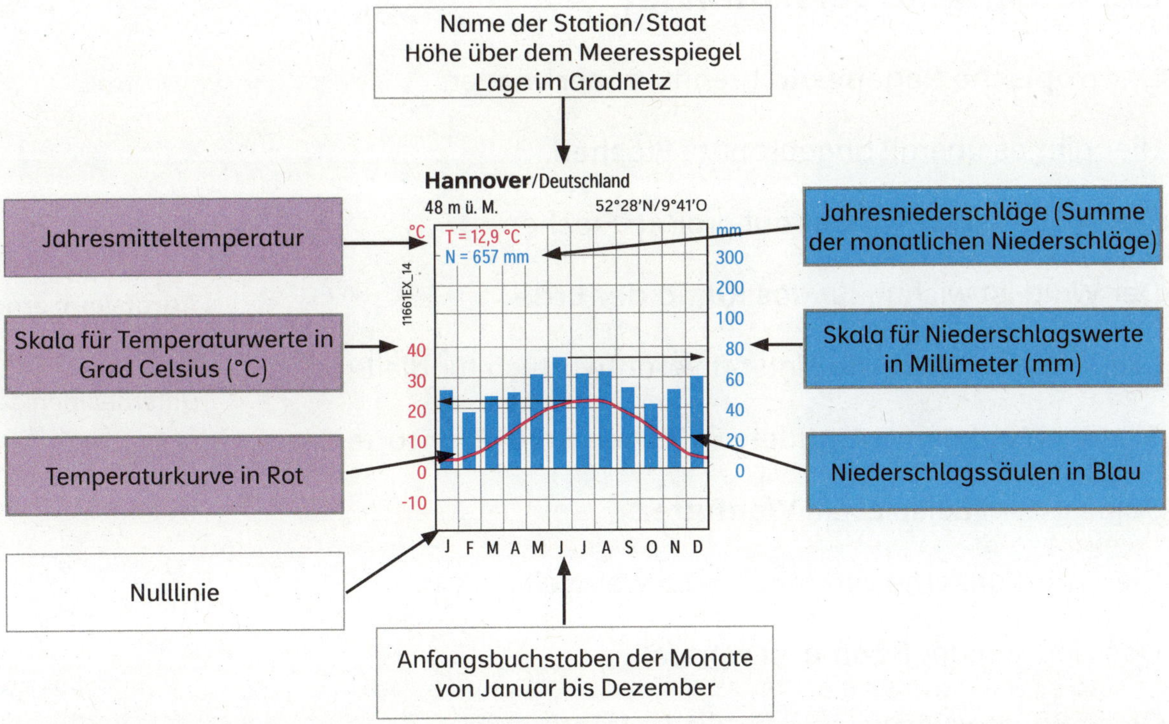

M1 Klimadiagramm von Hannover

Jahresmitteltemperatur: Das ist die durchschnittliche Temperatur eines Jahres. Man zählt die Werte der 12 Monate zusammen und teilt sie durch 12.

Jahresniederschlag: Das ist der Niederschlag eines Jahres. Man zählt die Niederschläge der Monate zusammen.

Skala: Die Messwerte für die Temperatur und den Niederschlag sind hier eingetragen.

M2 Erklärung der Begriffe

1 Ergänze den Lückentext.

Die Jahresmitteltemperatur von Hannover beträgt __________ Grad Celsius.

Die höchsten Temperaturen gibt es im ________________ und ________________.

Die niedrigsten Temperaturen gibt es im ________________ und ________________.

Der Jahresniederschlag beträgt __________ mm.

Die meisten Niederschläge fallen im ________________.

Die geringsten Niederschläge fallen im ________________.

Ausbeutung von Natur und Mensch

Schülerbuch Seite 62

Der Regenwald verschwindet

Der **tropische Regenwald** brennt immer wieder. Hier gibt es überall abgebrannte Flächen. Der **Wald verschwindet** auf großen Flächen. Der Wald ist wichtig für das **Klima der Erde.** Große **Agrarkonzerne** sind oft verantwortlich für die Brände. Sie legen auf den entwaldeten Flächen **Soja-Plantagen** an. Soja ist zum Beispiel ein **Viehfutter.** Die Agrarkonzerne verkaufen Soja weltweit. Das Holz einiger **Bäume** ist wertvoll. Diese Bäume sind wichtig für die **Holzindustrie.** Man fällt die Bäume und exportiert sie in andere Länder. Möbel aus Mahagoniholz oder Teakholz sind begehrt und teuer. Experten empfehlen eine nachhaltige **Forstwirtschaft.** Man sollte auf den abgeholzten Flächen wieder neue Bäume anpflanzen. Plantagen mit Edelhölzern könnten den **Raubbau** auch einschränken.

Regen-wald

Agrar-konzerne
große Unternehmen der Landwirtschaft

Vieh-futter

Holz-industrie

Mahagoni-holz
Teak-holz

Forst-wirtschaft

Edel-hölzer, Raub-bau

WORTBOX

(ab)brennen	***abgebrannte Flächen***
abholzen	***abgeholzte Flächen***
entwalden	***entwaldete Flächen***
fällen	***gefällte Bäume***
anpflanzen	***angepflanzte Bäume***

1 Unterstreiche im Text, in welcher Form die Verben in der Wortbox vorkommen.

Nutzung und Zerstörung des Regenwalds

Schülerbuch Seite 62 – 63

Auf der gerodeten Fläche

____

______________________________.

Man baut

____

durch den Wald.

Man rodet den Wald, um

____

anzulegen.

M1 Rodungen haben viele Gründe.

Die Edelhölzer sind wertvoll.

Man fällt die Bäume, um sie

____

______________________________.

Kleinbauern legen

______________________ an und

betreiben Ackerbau.

Es gibt aber auch große

______________________ im

tropischen Regenwald.

1 **Ergänze die Texte in den Textfeldern zur Abbildung.**

2 **Wer ist zum Beispiel an der Abholzung beteiligt? Ergänze die Begriffe.**

_______________konzerne, _______________bauern, _______________industrie.

Fair einkaufen – ist dies möglich?

Schülerbuch Seite 68

Überblick im Siegel-Dschungel

Es gibt verschiedene **Siegel.**

Siegel informieren die Kunden über die **Eigenschaften** eines **Produktes.** *Eigen-schaften*

Der Kunde erhält Informationen über die Herstellung des Produktes. *In-for-ma-tionen* *Her-stellung*

Der Kunde erfährt, ob das Produkt **umweltgerecht** hergestellt wurde. *umwelt-gerecht*

Der Kunde erfährt, ob die Beschäftigten **gerechte Löhne** erhalten haben. *Be-schäftigten*

Fair Trade – wie geht das?

Fair Trade heißt übersetzt „gerechter Handel“.

Das Siegel soll zeigen, dass alle **Beschäftigten gerecht behandelt** wurden.

Es gibt **keine Kinderarbeit**. *Kinder-arbeit*

Die **Gesundheit** der Arbeiter wird geschützt. *Ge-sund-heit*

Fairtrade-Produkte sind nicht automatisch **Bioprodukte.** *Bio-produkte*

Es gibt eigene Siegel für Bioprodukte.

2 MÖGLICHKEITEN, ETWAS AUSZUDRÜCKEN

Siegel informieren die Kunden.	***Die Kunden werden informiert.***
Man stellt Produkte her.	***Produkte werden hergestellt.***
Man behandelt alle Beschäftigte gerecht.	***Alle Beschäftigte werden gerecht behandelt.***
Man schützt die Gesundheit.	***Die Gesundheit wird geschützt.***

1 Unterstreiche im Text, welche Möglichkeit benutzt wird.

Verarbeitungskette von Kakao

Schülerbuch Seite 68

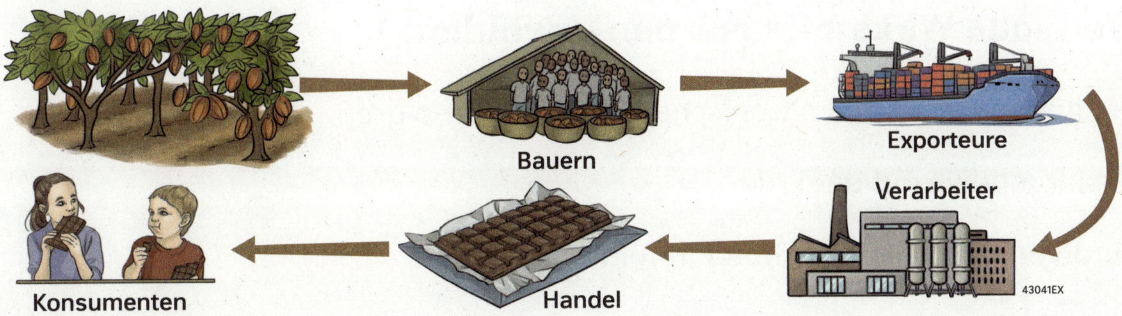

M1 Verarbeitungskette von Kakao

1 **Beschreibe die Verarbeitungskette von Kakao. Ergänze dazu die Sätze. Tipp: Das Wortpuzzle in Klammern und die Abbildungen können dir helfen.**

Die Kakaobäume wachsen auf ______________________ (LANPGENTA).

Die Bauern pflücken die Früchte von den ______________________ (KAOBÄKAUMEN).

Die Früchte der Kakaobäume werden ____________________ (GETETERN).

Die Bauern transportieren die _______________ (ÜCHFRTE) zu ihren Siedlungen.

Die Bauern öffnen die Früchte und entnehmen die weißen ____________ ____________ (KAOBOHKAUNEN).

Die Kakao-Bohnen werden getrocknet.

Die getrockneten kommen in Säcke.

Die ______________________ (POREXRETEU) transportieren die Säcke per Schiff nach Europa.

Die Kakao-Bohnen werden dann in der Fabrik ____________________ (TETARVERBEI).

Über den _________________ (NDHAEL) kommt die fertige Schokolade zu den ________________________ (TEKOMENNNSU).

Wem gehören die „Schätze“ des Urwalds?

Schülerbuch Seite 74

Wertvolle Wirkstoffe aus den Urwäldern

Die **Artenvielfalt** ist im tropischen Regenwald so groß wie nirgendwo auf der Erde. **Biodiversität** ist der Fachbegriff für Artenvielfalt. **Wirkstoffe** sind in der Haut und den Haaren von Tieren enthalten. Wirkstoffe sind in den Blättern und Wurzeln der Pflanzen enthalten. Die Wirkstoffe sind **Grundstoffe** für Kosmetika und Arzneien. Die **chemische Industrie** entwickelt immer wieder neue Produkte. Das Wissen der **Indigenen** kann bei der Suche nach neuen Produkten helfen. Die Indigenen kennen die **Heilpflanzen**. Dieses Wissen ist für die **Unternehmen** bestimmter Branchen interessant. Die Unternehmen lernen die Verfahren zur Herstellung. Sie lassen sich dann das Verfahren patentieren. Man kann eine Erfindung mit einem **Patent** rechtlich schützen. Andere dürfen die Erfindung dann nicht nutzen oder sie müssen Gebühren bezahlen.

Arten-vielfalt
Regen-wald
Bio-diversität
Fach-begriff
Wirk-stoffe
Grund-stoffe
Heil-pflanzen

Unter-nehmen
zum Beispiel:
Pharmaindustrie,
Kosmetikindustrie,
Saatproduktion

Er-findung
Ge-bühren

VERBEN UND NOMEN

entwickeln – die Entwicklung	***wissen – das Wissen***	***suchen – die Suche***
herstellen – die Herstellung	***patentieren – das Patent***	***erfinden – die Erfindung***

Stockwerkbau des tropischen Regenwalds

Schülerbuch Seite 74

Urwaldriesen

M1 Stockwerkbau des tropischen Regenwalds

1 **Beschrifte die Stockwerke in der Abbildung M1.**

2 **Richtig oder falsch? Kreuze an.**

	richtig	falsch
Die Biodiversität im tropischen Regenwald ist groß.		
Die Pharmaindustrie braucht den Regenwald nicht.		
Die Indigenen lassen sich ihr Wissen patentieren.		
Die Unternehmen nutzen das Wissen der Indigenen aus.		

Gesetze regeln das Zusammenleben

Schülerbuch Seite 88

Warum sind Gesetze wichtig?

Deutschland ist ein **Rechtsstaat**. *Rechts-staat*
Gesetze regeln viele Bereiche des Lebens.
Die **Abgeordneten der Parlamente** beschließen Gesetze. *Ab-ge-ordnete*
Alle müssen sich an die Gesetze halten. *Par-la-mente*
Wer sich nicht daran hält,
kann bestraft werden.
Polizei und Gerichte sind dafür zuständig.

Am Anfang war das Grundgesetz

Das **Grundgesetz** gilt in der **Bundesrepublik** *Grund-gesetz*
Deutschland. *Bundes-republik*
Die **Grundrechte** stehen im Grundgesetz. *Grund-rechte*
Die Grundrechte regeln die Rechte und Freiheiten, *Frei-heiten*
die jeder von uns hat.
Die Grundrechte verhindern,
dass der Staat zu stark in das Leben der Menschen eingreift.
Die Grundrechte sind unterteilt in die **Menschenrechte** *Menschen-rechte*
und **Bürgerrechte.** *Bürger-rechte*
Die Bürgerrechte gelten nur für die deutschen
Staatsangehörigen. *Staats-angehörige*

1 Ergänze:

Im Grundgesetz stehen die ______________________________.

Die Bürgerrechte gelten für die ____________________________.

Was den Rechtsstaat ausmacht

Schülerbuch Seite 88

Alle Menschen sind vor dem Gesetz gleich. Niemand darf bevorzugt oder benachteiligt werden.	
Der Bürger muss sich auf die Gesetze verlassen können. Der Staat muss die Gesetze genauso beachten wie der Bürger.	
Richter sind in ihren Entscheidungen nur an das Gesetz gebunden.	
Alle Gesetze, die das Parlament beschließt, müssen mit dem Grundgesetz vereinbar sein.	
Jeder Bürger, der sich in seinen Rechten verletzt fühlt, hat das Recht, ein unabhängiges Gericht anzurufen.	

1 Ordne die folgenden Begriffe den erklärenden Texten zu. Wenn du Hilfe brauchst, schau im Buch auf Seite 88 nach.

Bindung der Gesetze an das Grundgesetz
Rechtsweggarantie
Rechtsgleichheit
Rechtssicherheit
Unabhängigkeit der Justiz

Kinderarbeit und Jugendarbeitsschutzgesetz

Schülerbuch Seite 94

Kinderarbeit in Entwicklungsländern

Millionen Kinder weltweit sind **Kinderarbeiter.** Die meisten von ihnen leben in **Afrika** und **Asien.** Viele von ihnen arbeiten mehr als 43 Stunden in der Woche. Sie arbeiten, weil sie arm sind. Die Kinderarbeit ist aber auch ein Grund für die **Armut.** Kinder erhalten **niedrigere Löhne** als Erwachsene. Die Unternehmen beschäftigen deshalb gerne Kinder. Dadurch gehen aber die Arbeitsplätze für die Erwachsenen verloren. Arme Familien brauchen das Geld, das ihre Kinder verdienen. Kinder tragen zum **Überleben der Familien** bei. Kinder arbeiten in der **Landwirtschaft,** in der **Industrie** und im **Dienstleistungsbereich.**

Kinder-arbeiter
Kinder-arbeit
Unter-nehmen
Arbeits-plätze
Über-leben
Land-wirtschaft
Dienst-leistungs-bereich

Arbeit von Kindern in Deutschland

Kinderarbeit ist in Deutschland verboten. Das **Jugendarbeitsschutzgesetz** soll Kinder und Jugendliche vor Ausbeutung schützen.

Jugend-arbeits-schutz-gesetz
Aus-beutung

1 Welche Satzteile gehören zusammen? Verbinde mit Pfeilen.

Kinderarbeit	tragen zum Überleben der Familien bei.
Kinder	brauchen das Geld.
Arme Familien in Afrika und Asien	ist in Deutschland verboten.

Kinderarbeit weltweit

Schülerbuch Seite 95

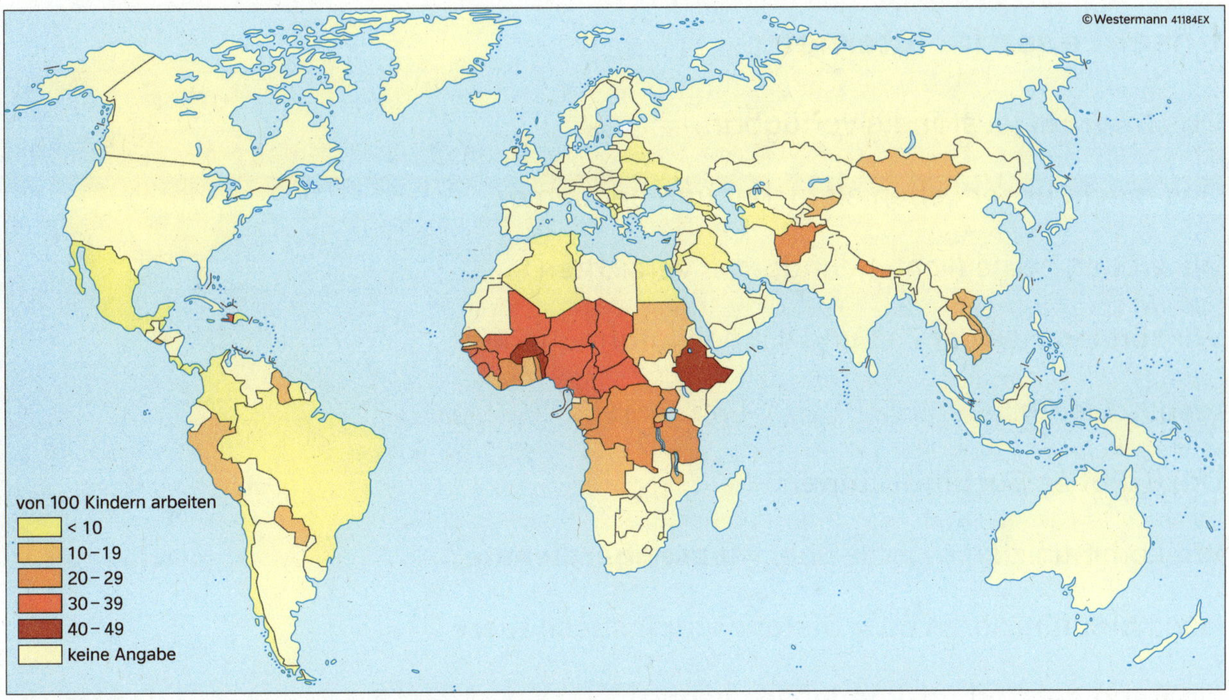

M1 Anteil von Kindern in Erwerbsarbeit weltweit

1 **Ermittle mithilfe von M1 und der Weltkarte im Atlas (Karte: Erde – Politische Übersicht), wie hoch der Anteil der Kinderarbeit in den Ländern ist.**

Land	von 100 Kindern arbeiten	Land	von 100 Kindern arbeiten
Burkina Faso		Vietnam	
Brasilien		Nepal	
Peru		Tschad	
Benin		Nigeria	
D. R. Kongo		Mexiko	
Tansania		Mongolei	
Äthiopien		Paraguay	
Mali		Kamerun	
Niger		Kambodscha	

Unser Leben mit dem Internet

Schülerbuch Seite 96

Unser Leben im Internet

Das **Internet** ist ständig verfügbar.
Das macht unser Leben einfacher und bequemer.
Wir wollen heute nicht mehr darauf verzichten.
Wir können zu jeder Zeit und schnell Informationen recherchieren.
Dazu gibt es **Suchmaschinen**. *Such-maschinen*
Wir kommunizieren gerne über **Messengerdienste.** *Messenger-dienste*
Das Kommunizieren über Distanz war insbesondere während der Corona-Pandemie wichtig.
Shopping kann bequem von zu Hause passieren.
Wir nutzen das Internet auch, wenn wir Wege finden wollen oder **Routen** planen.
Viele Nutzer sind Teil einer großen **Netz-Community.**
Sie tauschen sich über Themen aus.
Wir nutzen das Internet auch zur **Entspannung** und **Unterhaltung.** *Unter-haltung* *Ent-spannung*

WORTBOX

Suchmaschine ***Shopping*** ***Kommunikation*** ***Unterhaltung***
Routenplaner ***Messengerdienst*** ***Bequemlichkeit***
Unterricht ***Ablenkung*** ***Entspannung*** ***Netz-Community***

1 Was bedeutet das Internet für dich? Unterstreiche in der Wortbox die für dich zutreffenden Begriffe.

2 Ergänze gegebenenfalls in der Wortbox weitere Begriffe.

Welche Medien nutzen Jugendliche täglich?

Schülerbuch Seite 96

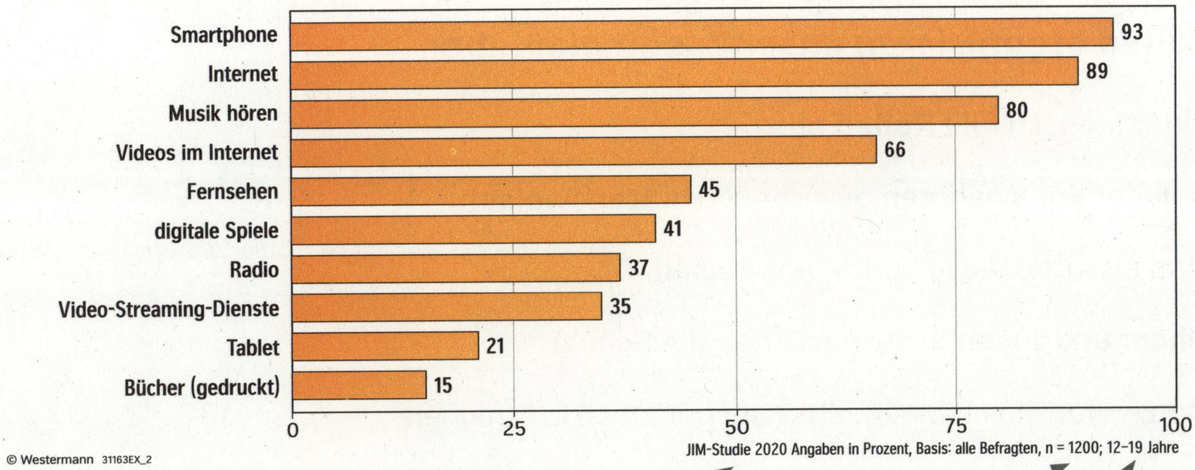

M1 Welche Medien nutzen Jugendliche täglich?

Die Studie heißt JIM-Studie. Sie fand 2020 statt.

Befragt wurden 1200 Personen.

Die Befragten waren 12 – 19 Jahre alt.

Die Angaben sind in Prozent.
Lesebeispiel: Smartphone: 93 Prozent der Befragten, also 93 von 100 Befragten nutzen das Smartphone täglich.
Bei 1200 befragten Personen macht das 1116 Personen aus.
Rechnung: 93 x 1200 : 100 = 1116 (oder kurz: 93 x 12 = 1116)

1 **Trage in die Tabelle die Prozentzahlen ein und berechne die Personenzahl wie im Beispiel.**

	Prozentzahl	Personenzahl
Smartphone	93	1116
Internet		
Musik hören		
Videos im Internet		
Fernsehen		
digitale Spiele		
Radio		
Video-Streaming-Dienste		
Tablet		
gedruckte Bücher		

Welche Rollen spiele ich?

Schülerbuch Seite 124

Rollen organisieren unser Zusammenleben

Jeder Mensch füllt **Rollen** aus.
Zu jeder Rolle gehören gewisse **Verhaltensweisen.**
Man erwartet diese Verhaltensweisen.
Kinder und Jugendliche besuchen die Schule.

Verhaltens-weisen
die Verhaltensweise
die Verhaltensweisen
Jugend-liche

Man erwartet von ihnen, dass sie pünktlich erscheinen.
Die Rolle „Museumsbesucher“ ist ein anderes Beispiel.
Man erwartet von einem Museumsbesucher, dass er die Bilder nicht anfasst.

Museums-besucher
der Museumsbesucher
die Museumsbesucher

Wir spielen viele Rollen.
Wir werden dadurch Teil der **Gesellschaft.**
Die Gesellschaft teilt uns ihre **Erwartungen** mit.

Gesell-schaft
die Erwartung
die Erwartungen

Rollen sind ein Zwang

Die Gesellschaft zwingt uns bestimmte Verhaltensweisen auf.
Das kann aber auch beruhigend sein.
Jeder weiß, was man von ihm erwartet.
Wer seine Rolle gut ausfüllt, wird belohnt.
Wer sie nicht ausfüllt, wird bestraft.
Wer zum Beispiel zu spät zur Schule kommt, muss mit einer Strafe rechnen.
Die Gesellschaft erwartet, dass wir unsere Rollen annehmen.

1 Unterstreiche im Text, wie die folgenden Begriffe zusammenhängen: Rolle – Verhaltensweise – Erwartung – Gesellschaft

Die Rollen des Herrn Meyer

Schülerbuch Seite 125

M1 Herr Meyer

- ein erwachsener Mann
- ein verheirateter Mann
- Vater von zwei Kindern
- Deutscher
- Einwohner von Hannover
- Lehrer an einer Gesamtschule
- Englischlehrer
- Lehrer für Gesellschaftslehre
- Turner
- Trainer der Turnmannschaft
- Vorsitzender des Sportvereins
- Fan von Manchester United
- Gitarrist
- Mitglied der Lehrerband
- Radfahrer
- Klimaschützer
- Leiter der Fahrrad-AG

M2 Die Rollen des Herrn Meyer

1 **Entscheide jeweils, ob Herr Meyer seine Rolle ausfüllt oder gegen eine Rollenerwartung verstößt. Kreuze an.**

	Er erfüllt seine Rolle.	Er verstößt gegen die Rollenerwartung.
Er rutscht die Rutschbahn auf dem Spielplatz hinunter.		
Er kümmert sich um seine Kinder.		
Er ist fair zu seinen Schülern.		
Er kommt zu spät zum Unterricht.		
Er gibt Hilfestellung am Turngerät.		
Er kümmert sich um den Turnverein.		
Er freut sich über einen Sieg von Liverpool.		
Er übt selten Gitarre.		
Er ist immer bei den Proben der Lehrerband dabei.		
Er fährt mit dem Rad zur Schule.		
Er kümmert sich um die Sicherheit der Fahrräder der Schüler.		

Familie

Schülerbuch Seite 128

Schutz und Hilfe in der Familie

Die meisten Menschen wachsen in einer **Familie** auf.
Sie machen die ersten Erfahrungen im Zusammenleben *Zusammen-leben*
mit anderen in der Familie.
Die Familie ist eine Gemeinschaft. *Gemein-schaft*
Die meisten Menschen lebten früher in **Großfamilien.** *Groß-familien*
Das sind Familien mit mehreren Generationen.
Heute gibt es viele **verschiedene Formen von Familien.**
Alle Formen haben aber zwei Dinge gemeinsam:
Eine Familie hat **mindestens ein Kind.**
Eine Familie hat **Aufgaben,**
nämlich **Schutz, Versorgung** und **Erziehung.**

Mehr Alleinerziehende

Ein Alleinerziehender oder eine Alleinerziehende lebt *Allein-erziehender*
allein mit dem Kind oder den Kindern zusammen.
Viele Ehepaare lassen sich scheiden. *Ehe-paare*
Alleinerziehende Elternteile müssen **Beruf** und die *Eltern-teile*
Erziehung der Kinder miteinander vereinbaren.
Das ist oft schwierig.
Man braucht eine Ganztagsbetreuung für die Kinder. *Ganz-tags-betreuung*
Oder man muss eine Arbeit in Teilzeit suchen. *Teil-zeit*
Dann verdient man aber weniger Geld.
Es gibt viele arme Familien.

Familien in Deutschland

Schülerbuch Seite 128

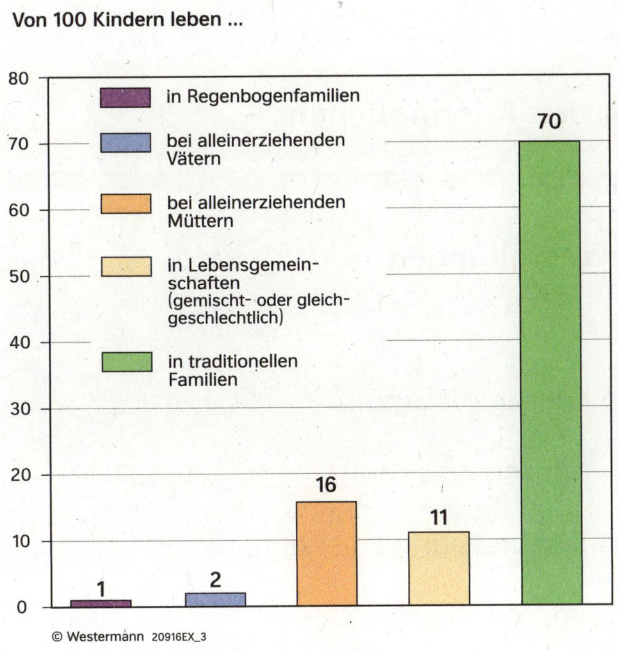

M1 Familien in Deutschland 2019

WORTBOX

mehr – die meisten ***wenige – weniger – die wenigsten***

1 Ergänze die Lücken in den folgenden Sätzen.
Tipp: Nutze die Wortbox.

Die ____________________ Kinder leben in traditionellen Familien.

Die ____________________ Kinder leben in Regenbogenfamilien.

Bei alleinerziehenden Vätern leben ____________________ Kinder als bei alleinerziehenden Müttern.

Bei alleinerziehenden Müttern leben ____________________ Kinder als in Lebensgemeinschaften.

In Lebensgemeinschaften leben ____________________ Kinder als bei alleinerziehenden Vätern.

In Großfamilien leben heute ____________________ Kinder als früher.

Rollenbilder in der Werbung

Schülerbuch Seite 140

Werbung im Wandel der Zeit

Werbung sollte in den 1950er-Jahren viele **Informationen** über den Nutzen des Produkts geben. Man verwendete dabei häufig **Rollenvorstellungen.** Der Mann war berufstätig. Die Frau war für den Haushalt und die Kinder zuständig. Männer waren auf Plakaten der Autowerbung zu sehen. Frauen waren auf Plakaten der Waschmittelwerbung zu sehen. Diese **alten Rollenbilder** gibt es heute nur noch selten. Man nutzt heute viele andere Rollenvorstellungen. Sportler und Sportlerinnen zeigt man zum Beispiel in der Werbung für gesunde Nahrungsmittel. Models präsentieren Kosmetik.

Rollen-vorstellungen
berufs-tätig
Haus-halt
Auto-werbung
Wasch-mittel-werbung
Rollen-bilder
Nahrungs-mittel

Verbotene Werbung

Der **Deutsche Werberat** achtet auf verbotene Werbung. **Stereotype Rollenbilder** und alte Vorstellungen sollen nicht mehr in der Werbung erscheinen. Die Kunden sollen nicht durch die Werbung ihre **Vorurteile** verstärken. Man darf auch nicht Gruppen **diskriminieren.**

Werbe-rat
stereo-typ
Vor-urteile

stereotyp (Adjektiv) = immer wieder mit der gleichen Vorstellung auftretend
das Stereotyp (Nomen) = feste Vorstellung von Personen oder Gruppen und davon, wie sie sich verhalten. Stereotype sind einprägsam und bildhaft. Sie vereinfachen einen als typisch behaupteten Sachverhalt.

Typische Werbung vor über 60 Jahren

Schülerbuch Seite 141

M1 Frauen in der Werbung vor über 60 Jahren und heute

WORTBOX ADJEKTIVE

fleißig ***zuverlässig*** ***geschäftstüchtig*** ***sympathisch*** ***kompetent***
verantwortungsbewusst ***zielstrebig*** ***pünktlich*** ***humorvoll*** ***lieb***

1 Vergleiche die Werbeplakate. Was tun die Frauen?

Die Frau in der Miele-Werbung ____________________

Die Frau in der Commerzbank-Werbung ____________________

____

2 Welche Eigenschaften haben die Frauen? Ordne ihnen Adjektive aus der Wortbox zu.

Die Frau in der Miele-Werbung: ____________________

____

Die Frau in der Commerzbank-Werbung: ____________________

____

3 Welche Vorstellungen von Frauen erkennst du?

Die Frau in der Miele-Werbung: ____________________

Die Frau in der Commerzbank-Werbung: ____________________

____

Ludwig XIV. und Napoleon: Macht und Mode

Schülerbuch Seite 156

Ludwig XIV. und Napoleon

Man spricht: Ludwig der Vierzehnte

Ludwig XIV. regierte in Frankreich. Er **herrschte allein.** Er erklärte niemandem seine Entscheidungen. Die **Künstler** mussten ihn **verherrlichen.** Die **Musik** und die **Malerei** sollten ihm ein Denkmal für die Ewigkeit setzen. Die **Architektur** und die **Gestaltung** seines **Gartens** sollten seine **Macht** auch in Zukunft zeigen. Seine **Kleidung** war ihm wichtig. Was er trug, war **Mode.**

Frank-reich

Ent-scheidungen

ver-herrlichen

Denk-mal

Ewig-keit

Architektur
das Entwerfen und Konstruieren von Bauwerken

Napoleon I. sah sich als Nachfolger großer Kriegsherren. Die **Herrscher des alten Roms** waren seine **Vorbilder.** Auch Napoleon wollte, dass die **Künstler** ihn **verherrlichten.** Die Maler sollten ihn als Herrscher und Feldherrn malen. Er prägte auch die **Mode.** Er schuf den **Empire-Stil.**

Kriegs-herr

Vor-bilder

Feld-herr

Empire-Stil

1 **Warum waren Künstler für Ludwig XIV. und Napoleon I. wichtig?**

____

____

____

____

Ludwig XIV.

Schülerbuch Seite 156

M1 Ludwig XIV. auf einem Gemälde

1 Schreibe auf: Welche Merkmale symbolisieren für dich Macht?

____

____

2 Welche Merkmale zeigen die Königswürde?

____

3 Was war typisch für die Mode dieser Zeit?

____

____

Alle in Uniform – wozu?

Schülerbuch Seite 158

Uniformierung im Nationalsozialismus

Die Zeit des **Nationalsozialismus** ist die Zeit zwischen 1933 und 1945. Der Staat bestimmte die Erziehung der Kinder. Jungen sollten Mitglied in der **Hitlerjugend** (HJ) sein. Mädchen sollten im **Bund Deutscher Mädel** (BDM) sein. Der **Staat** bestimmte die **Wahl der Kleidung**. Die Jugendlichen sollten alle gleich sein. Sie sollten sich zusammengehörig fühlen. Deshalb trugen sie **Uniform.**

National-sozialismus

Hitler-jugend

Jugend-liche

Uniform:
uniformis (Lateinisch)
= einförmig

Uniformierung in DDR-Jugendorganisationen

In der DDR gab es eine Jugendorganisation, die FDJ. Die **regierende Partei** vermittelte **Ziele und Werte.** Die **Jungen Pioniere** trugen ein **blaues Halstuch.**

Jugend-organisation
FDJ = Freie Deutsche Jugend
Hals-tuch

2 MÖGLICHKEITEN, ETWAS AUSZUDRÜCKEN

Die Wahl der Kleidung wurde vom Staat bestimmt.

Der Staat ____________________

Ziele und Werte wurden von der regierenden Partei vermittelt.

____

Ein blaues Halstuch wurde von den Jungen Pionieren getragen.

____

1 Trage die Sätze aus dem Text oben ein.

Uniformen der Jugendorganisationen

Schülerbuch Seite 158 – 159

M1 Mädchen beim Bund Deutscher Mädel (BDM) 1935

M2 Junge Pioniere in der DDR 1963

1 **Betrachte die Fotos. Notiere Gemeinsamkeiten und Unterschiede.**

Gemeinsamkeiten	Unterschiede

Eine Arbeitshose wird salonfähig

Schülerbuch Seite 164

Die Erfindung der Jeans

Der deutsche **Einwanderer Levi Strauss** betrieb ab **1852** einen Handel mit Kurzwaren in San Francisco. Es war die **Zeit des Goldrausches.** Er entwickelte eine **Arbeitshose** für die **Goldwäscher.** Jacob Davis half ihm dabei. Die Arbeitshose durfte nicht so schnell kaputt gehen. Die neue Arbeitshose hatte Nieten aus Kupfer. Sie war aus robustem **Baumwollstoff** gefertigt. Levi Strauss importierte den Stoff **aus Frankreich** aus der Stadt **Nîmes.** Er nannte den Stoff **„Denim“.** Der Name kommt von „de Nîmes“, das bedeutet übersetzt „aus Nîmes“. Der Stoff wurde über den Hafen **Genua** nach Amerika verschifft. Aus **„Genes“** für Genua wurde dann **„Jeans“.** **1873** wurden die ersten Jeans in der Fabrik von Levi Strauss gefertigt. Die blau gefärbten Hosen hießen „Bluejeans“.

Ein-wanderer
Kurz-waren = Zubehör zum Nähen
Gold-rausch
Arbeits-hose
Gold-wäscher
Baumwoll-stoff
Frank-reich
blue = blau

1 **Notiere, was Levi Strauss für die Fertigung der neuen Arbeitshose brauchte.**

____

2 **Wie kam man auf den Namen Bluejeans?** _______________________

____

Die Jeans von Levi Strauss

Schülerbuch Seite 164 – 165

Levi Strauss wandert nach Amerika aus.

↓

1852: Levi Strauss

↓

Levi Strauss und Jacob Davis entwickeln

↓

Levi Strauss kauft Baumwollstoff

↓

Der Baumwollstoff wird von

↓

1873:

1 Fülle die Textfelder aus. Tipp: Lies den Text.

2 Wie verbreitete sich das Tragen von Jeans in Europa? Lies den Text im Buch auf Seite 165.

Der Aufstand der schlesischen Weber

Schülerbuch Seite 166

Aufstand der schlesischen Weber

In **England** erfand man im 18. Jahrhundert **mechanische Webstühle.** Man stellte nun viel schneller und preisgünstiger **Baumwollstoffe** her. Diese Entwicklung war für die **Weber in Schlesien** von Nachteil. Sie webten Baumwollstoffe in **Heimarbeit.** Nun erhielten sie immer weniger Lohn für ihre Arbeit. Die **Familien der Weber** wurden **immer ärmer.** Dann gab es auch noch eine **Missernte.** Es kam zu **Hungersnöten.** Am 4. Juni 1844 **demonstrierten** 3 000 Weberinnen und Weber für **höhere Löhne.** Ihre Arbeitgeber reagierten aber nicht. Die **Demonstranten** verjagten die **Fabrikbesitzer und deren Familien aus ihren Häusern.** Sie **zerstörten** die **Maschinen.** Am 6. Juni 1844 kam die **preußische Armee.** Die Armee beendete die Demonstrationen blutig.

Jahr-hundert
Web-stühle
Baum-woll-stoffe
Ent-wicklung, Nach-teil
Heim-arbeit

Schlesien *liegt am Fluss Oder.*

Miss-ernte
Hungers-nöte
Arbeit-geber
Fabrik-besitzer

1 Ergänze die Verben in der Wortbox. Tipp: Lies im Text nach.

WORTBOX

erfinden – man ________	***demonstrieren – sie*** ________
herstellen – man ________	***verjagen – sie*** ________
erhalten – die Weber ________	***zerstören – sie*** ________

Heimindustrie in Schlesien

Schülerbuch Seite 166

Heimindustrie

Die **Heimindustrie** in Schlesien basierte auf dem **Verlagssystem.** Ein **Verleger** oder **Zwischenhändler** lieferte Rohstoffe, zum Beispiel an Bauernfamilien. Die Rohstoffe wurden in Heimarbeit verarbeitet. Der Verleger übernahm dann die fertigen Waren. Meistens waren das Textilien. Die Bauernfamilien waren billige Arbeitskräfte. Sie waren auf den Nebenerwerb angewiesen.

1 Erkläre, was ein Verleger war. Ergänze dazu den Lückentext.

Ein Verleger war ein ____.

Er lieferte ____.

Er übernahm ____.

Die Bauernfamilien waren für ihn ______________________________

____.

2 Die Brüder Zwanziger waren Verleger. Wie behandelten sie die Weber? Lies im Volkslied „Das Blutgericht“ nach (Buch Seite 166) und fülle den Lückentext aus.

Die Brüder Zwanziger begutachteten ______________________________

__________________. Wenn sie einen Fehler fanden, __________________

______________________________. Und sie __________________________

und ______________________________ den Weber.

Die soziale Frage

Schülerbuch Seite 168

Die industrielle Revolution

Die Erfindung der **Dampfmaschine** veränderte die Herstellung von Waren. *Dampf-maschine* *Her-stellung*

Man baute immer mehr **Fabriken** mit Dampfmaschinen.

Das **Handwerk** verlor an Bedeutung. *Hand-werk*

Man brauchte nun **Fabrikarbeiterinnen** und **Fabrikarbeiter** und keine Handwerker. *Fabrik-arbeiterin* *Fabrik-arbeiter*

Maschinen übernahmen die **Herstellung** von **Waren.**

Man nennt diesen Wandel **industrielle Revolution.**

Die soziale Frage

Die Fabrikarbeiterinnen und Fabrikarbeiter erhielten nur **niedrige Löhne.**

Alle in der Familie mussten mitarbeiten.

Frauen und **Kinder** wurden in den Fabriken bevorzugt eingestellt.

Sie bekamen nämlich **weniger Lohn als Männer.**

Die **Not** der Familien war **groß.**

Die ersten **Gewerkschaften** wurden gegründet. *Gewerk-schaften*

Man wollte **bessere Arbeitsbedingungen** durchsetzen. *Arbeits-bedingungen*

1 Nomen und Verben. Ergänze jeweils.

NOMEN UND VERBEN

erfinden	***– die*** ____________	____________ ***– die Einstellung***
herstellen	***– die*** ____________	____________ ***– die Durchsetzung***

Karikatur zur sozialen Frage

Schülerbuch Seite 169

M1 Karikatur

1 **Wen sollen die Personen in der Karikatur darstellen?**
Trage in die Kästen ein.

2 **Beschreibe, was die Personen tun.**

____

____

____

____

3 **Was soll durch die Karikatur ausgesagt werden?**

____

____

____

____

Was hat der Aralsee mit meinen Jeans zu tun?

Schülerbuch Seite 172 – 173

Baumwollanbau

Seit Ende des 19. Jahrhunderts wird im **Aralseegebiet** **Baumwolle** angebaut. Die Anbauflächen liegen an den **Flüssen Syrdarja** und **Amudarja.** Die beiden Flüsse fließen in den Aralsee. Der **Export** der **Baumwolle** ist wichtig für Usbekistan. Die **Einnahmen** sind hoch.

Jahr-hundert
Aral-see-gebiet
Baum-wolle
Anbau-flächen
Aral-see
Ein-nahmen

Die Folgen des Baumwollanbaus

Baum-woll-anbau

Man braucht viel **Wasser** für den **Anbau der Baumwolle.** Man muss die **Felder bewässern.** Dabei verdunstet viel Wasser. Deshalb gelangt weniger Wasser in den Aralsee. Der Aralsee verlandet. Außerdem **versalzen** die **Böden.** Man braucht wieder **Wasser,** um das **Salz von den Feldern** zu **schwemmen.**

1 Ergänze die Sätze.

Im Aralseegebiet wird ____.

Die Anbauflächen liegen an den ________________________________.

Der Export der Baumwolle ____________________________________.

Für den Anbau der Baumwolle braucht man ______________________.

Der Aralsee verlandet, weil ___________________________________

____.

Das Aralseegebiet

Schülerbuch Seite 172

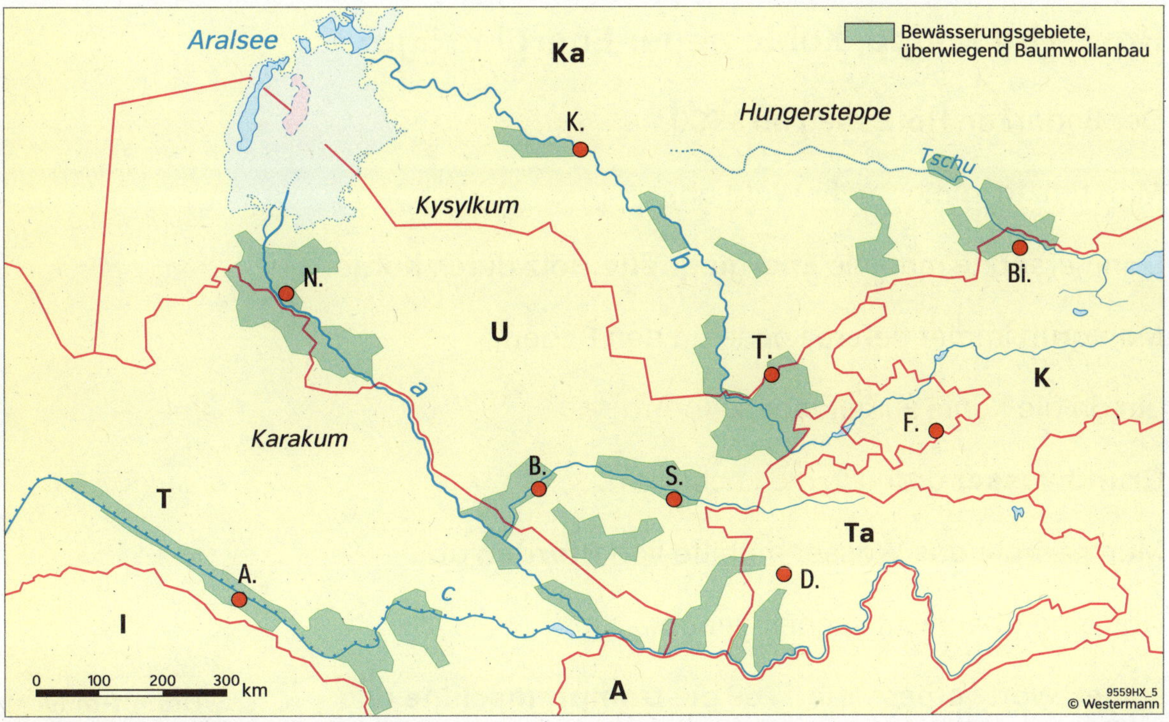

M1 Das Aralseegebiet

1 **Arbeite mit M1 und der Karte im Buch auf Seite 172.**
Trage ein:

Flüsse und Kanäle:

a __________

b __________

c __________

Staaten:

A __________

I __________

K __________

Ka __________

T __________

Ta __________

U __________

Städte:

A. __________

B. __________

Bi. __________

D. __________

F. __________

K. __________

N. __________

S. __________

T. __________

Warum kam es zur industriellen Revolution?

Schülerbuch Seite 192 – 193

Holz wird knapp, Kohle neuer Energieträger

Der Bedarf an **Holz** stieg ab 1500. Man holzte immer mehr Wald ab. Dann ersetzte man die **Energiequelle** Holz durch **Kohle.** Man grub immer tiefere Löcher in den Boden, um an die Kohle zu gelangen. **Grundwasser** drang in die Löcher ein. Man pumpte das Wasser mithilfe von **Pferden** ab. Das ging aber nicht schnell genug. James Watt verbesserte 1769 die **Dampfmaschine** und löste das Problem.

Energie-quelle

Grund-wasser

Dampf-maschine
Der Franzose Denis Papin entwickelte 1690 den ersten Prototyp einer Dampfmaschine.

Maschinen ersetzen die Naturkräfte

Die Menschen haben immer wieder **neue Techniken** entwickelt. Sie wollten schwere Arbeiten einfacher verrichten. Sie nutzten die **Kraft von Ochsen und Pferden.** Sie nutzten den **Wind,** das **Wasser** und **Holz** als **Energiequellen.** Sie konnten nun mithilfe der **Dampfmaschine** Maschinen mit **Wasserdampf** antreiben. Die **Eisenbahn** war eine wichtige Erfindung. Die **Industrialisierung** begann.

Die Industrialisierung:
fand in Deutschland ungefähr zwischen 1840 und 1914 statt, in Großbritannien schon früher.

1 Welche Energiequelle nutzte man bei der Windmühle, dem Wasserrad, der Dampfmaschine?

Die Erfindung der Dampfmaschine

Schülerbuch Seite 192

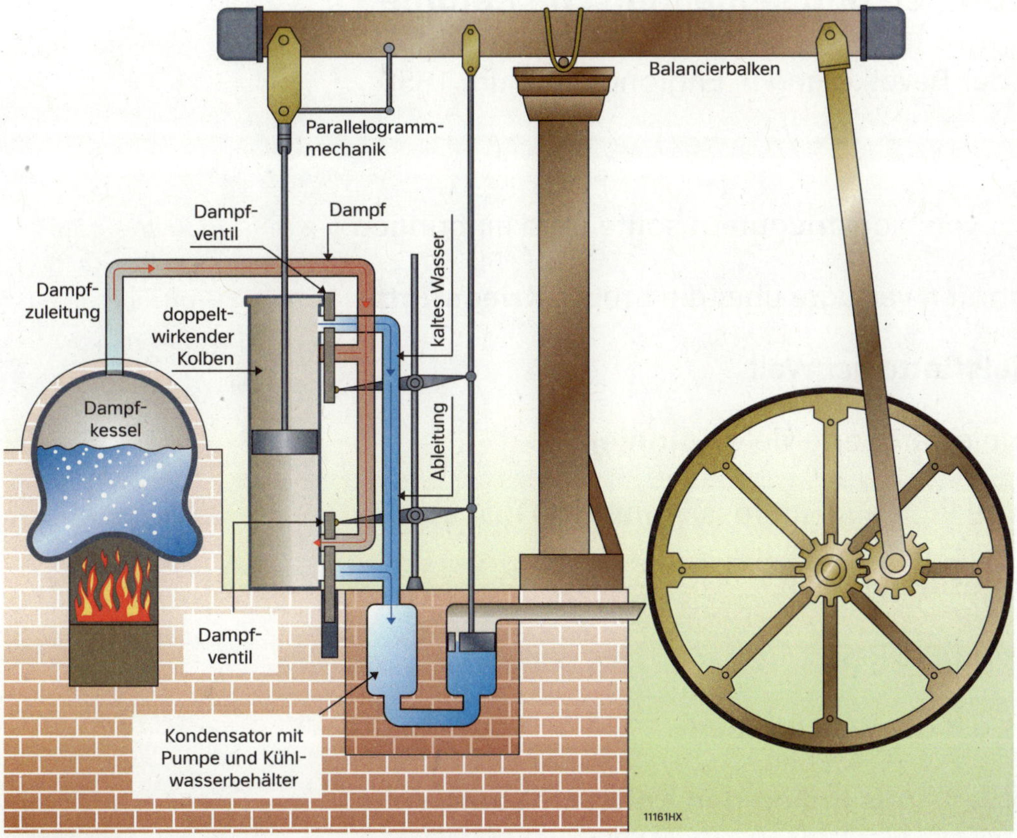

M1 Die Dampfmaschine von James Watt

1 **Bringe die Sätze in die richtige Reihenfolge.**

◯ Der Wasserdampf wird in einen Zylinder geleitet, abwechselnd oberhalb und unterhalb eines Kolbens.

◯ Die Bewegung des Kolbens wird auf einen Balancierbalken übertragen.

◯ Das Schwungrad treibt über einen Riemen oder Gestänge eine Maschine an.

(1) Wasser wird erhitzt,
Wasserdampf entsteht.

◯ Der Balancierbalken treibt über einen Balken mit Zahnrad ein Schwungrad an.

◯ Der Wasserdampf dehnt sich aus und bewegt den Kolben aufwärts und abwärts.

Die Jagd nach Rohstoffen

Schülerbuch Seite 196

Großbritannien und seine indische Kolonie

Ein Drittel der Bevölkerung in England lebte um 1850 in Armut. Der Verkauf von Industriegütern sollte Geld einbringen. **Großbritannien** verfügte über die größte **Kriegsflotte** und **Handelsflotte** der Welt. Großbritannien eroberte viele **Kolonien.** Das britische Imperium umfasste um 1900 fast ein Viertel der gesamten Welt. Es war das größte Reich, das jemals auf der Welt existierte. Man importierte **aus Indien den Rohstoff Baumwolle.** Baumwolle brauchte man in der **Textilindustrie.** **Ackerland** in Indien wurde in **Plantagen** mit Baumwollanbau umgewandelt. Dadurch kam es zu **Hungersnöten** in Indien. **Britische Stoffe** wurden **nach Indien** exportiert. Diese Stoffe waren **billiger** als die indischen Stoffe. Indische Hersteller von Stoffen verloren ihre Arbeit. Großbritannien herrschte auch über die Herstellung von **Salz** in Indien. Großbritannien setzte den Preis beliebig fest.

Industrie-güter

Groß-britannien

Kriegs-flotte

Handels-flotte

Flotte
alle Schiffe zusammen

Imperium = Reich

Roh-stoff, Baum-wolle

Textil-industrie
Aus Textilien fertigt man Kleidung.

Baum-woll-anbau

Hungers-nöte

Her-steller

Her-stellung

1 Die Welt wurde britisch, Englisch wurde eine Weltsprache. Unterstreiche im Text, wie es dazu kam.

Deutsch-Südwestafrika

Schülerbuch Seite 197

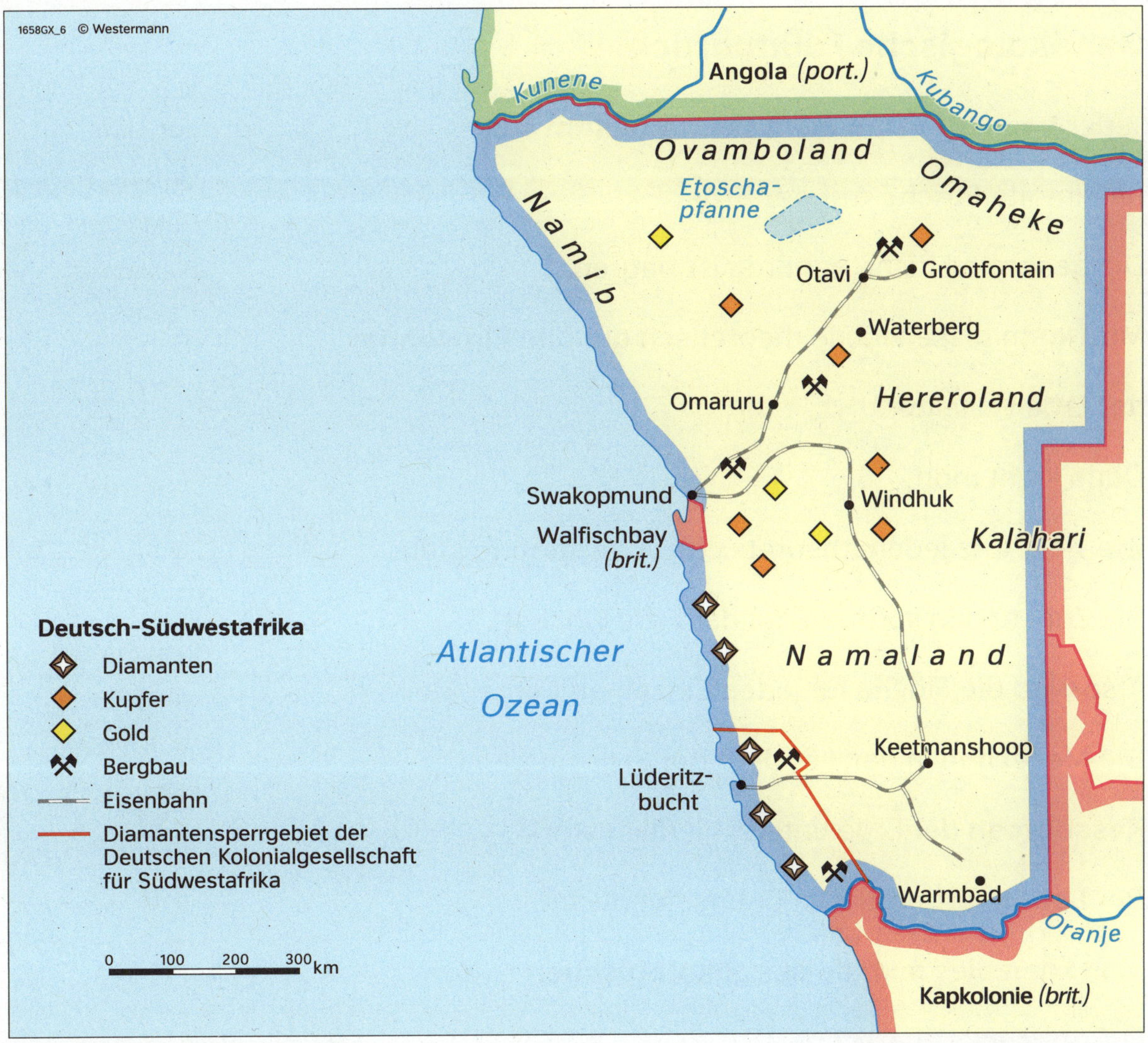

M1 Deutsch-Südwestafrika

1 **Auch Deutschland hatte Kolonien. Eine Kolonie in Afrika war Deutsch-Südwestafrika. Heute heißt das Land Namibia.**

a) Der Bremer Kaufmann Adolf Lüderitz kaufte ein Gebiet. Was erinnert heute noch an ihn (M1)?

___

b) Im Norden, Westen und Süden lebten Nomaden und Viehzüchter. Wie hießen die Siedlungsgebiete dieser Völker (M1)?

___

2 **Welche Bodenschätze gab es in Deutsch-Südwestafrika (M1)?**

___

Der ökologische Fußabdruck und ich

Schülerbuch Seite 206

Der ökologische Fußabdruck

Jeder beansprucht durch seinen **Konsum** eine bestimmte **Fläche auf der Erde.** Die gesamte Fläche der Erde ist begrenzt. Man kann diese Fläche theoretisch auf alle **Einwohner** der Erde verteilen. Dann sieht man, wie viel Platz jedem theoretisch zur Verfügung steht. Die Zahl an Einwohnern auf der Erde wächst. Also wird die Fläche für jeden Einzelnen immer kleiner. Die Menschen in den Ländern der Erde nutzen die **Ressourcen** der Erde unterschiedlich stark. Der **Lebensstandard** ist unterschiedlich. Man kann dies mithilfe des **„ökologischen Fußabdrucks“** berechnen. Die Menschen in Deutschland haben einen großen ökologischen Fußabdruck. Wir bräuchten zwei Erden und eine halbe Erde für unseren Konsum.

Konsum
Verbrauch an Gütern und Dienstleistungen

Ressourcen
Meer, Flüsse, Seen, Wälder, Boden, Rohstoffe, Energie u. a.

Lebens-standard

Fuß-abdruck

1 Verbinde die passenden Satzteile mit Pfeilen.

Wächst die Einwohnerzahl

- wird die Fläche für jeden größer.
- wird die Fläche für jeden kleiner.
- wird der ökologische Fußabdruck kleiner.
- wird der ökologische Fußabdruck größer.

Der ökologische Fußabdruck

Schülerbuch Seite 206

M1 Der ökologische Fußabdruck

1 In der Abbildung siehst du, wie der Mensch die Fläche der Erde beansprucht. Notiere Beispiele, wie du zum ökologischen Fußabdruck beiträgst.

	Beispiel
Beim Verbrennen fossiler Energien gelangt CO_2 in die Atmosphäre.	
Für die Viehhaltung braucht man Weideflächen.	
Die Forstwirtschaft beansprucht Wälder.	
Für den Anbau wird fruchtbares Land benötigt.	
Für Gebäude und Verkehrswege wird Land beansprucht.	
Für Industrie und Energiegewinnung wird Land beansprucht.	
Die Fischerei braucht gute Fanggründe.	

Arbeitswelt 4.0

Schülerbuch Seite 210

Die Entwicklung der Arbeitswelt

Wir nutzen immer mehr **technische Geräte.** Wir wandeln Sprache, Musik und Grafiken in eine Sprache um, die **Computer** „verstehen" können. Dies nennt man **Digitalisierung.** Die Digitalisierung verändert auch die **Arbeitswelt.** Maschinen ersetzen die menschliche Arbeitskraft. Computer steuern **Maschinen.** So kann man Dinge in Massen und in guter Qualität herstellen. Der nächste Entwicklungsschritt ist die **Industrialisierung 4.0.** **Daten** sind der neue Rohstoff in einer digitalen Welt. Maschinen können nun miteinander kommunizieren. Sie sind vernetzt. Die sogenannte **künstliche Intelligenz** wertet die Daten aus. Ein Mensch könnte diese Menge an Daten nicht bewältigen.

Arbeits-welt

Arbeits-kraft

Entwicklungs-schritt

sprich: Industrialisierung vier Punkt null

Roh-stoff

Künstliche Intelligenz *funktioniert mit Programmen. Diese ahmen die Funktionsweise des Gehirns nach.*

2 MÖGLICHKEITEN, ETWAS AUSZUDRÜCKEN

Immer mehr technische Geräte werden genutzt.
Die Arbeitswelt wird durch die Digitalisierung verändert.
Die menschliche Arbeitskraft wird durch Maschinen ersetzt.
Maschinen werden von Computern gesteuert.
Daten werden von der künstlichen Intelligenz ausgewertet.

1 Finde den entsprechenden Satz im Text und unterstreiche ihn.

Die vier industriellen Revolutionen

Schülerbuch Seite 210

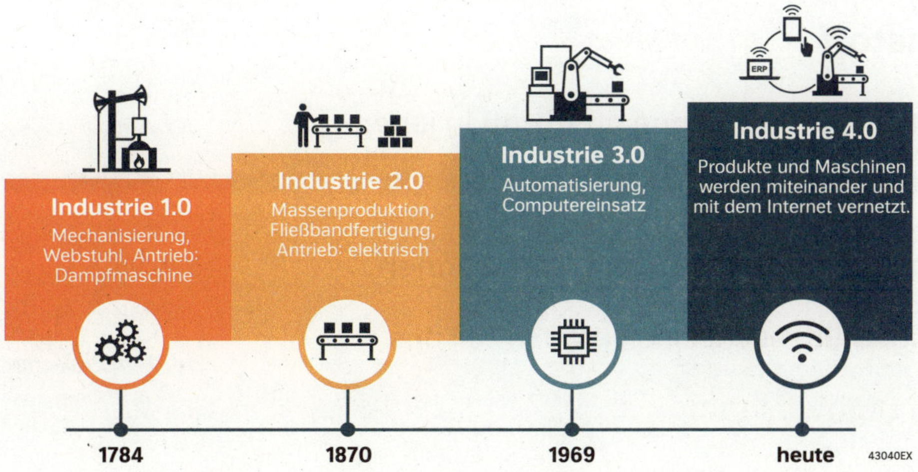

M1 Die vier industriellen Revolutionen

1 **Ordne die folgenden Entwicklungen wie im Beispiel den vier industriellen Revolutionen zu.**

	industrielle Revolution
Man kann nun Güter in Massen produzieren.	2.0
Die Herstellung von Gütern wird automatisiert.	
Die menschliche Arbeitskraft wird durch Maschinen ersetzt, die Produktion wird mechanisiert.	
Der Webstuhl wird erfunden.	
Man setzt nun Computer ein. Diese steuern die Arbeitsabläufe.	
Als Antrieb nutzt man den Strom.	
Produkte und Maschinen werden miteinander vernetzt.	
Als Antrieb nutzt man die Dampfmaschine.	
Bei der Herstellung von Autos wird zum ersten Mal die Fertigung am Fließband eingeführt.	
Produkte und Maschinen sind mit dem Internet vernetzt.	

Recycling: Müll als Rohstoff?

Schülerbuch Seite 216

Müll als Rohstoff

Jedes Jahr fällt eine große Menge an **Abfall** in jedem Haushalt an.
Papier, Glas und Verpackungen kann man **trennen.**
Der **Verpackungsmüll** macht einen großen Teil des Mülls aus.
Verpackungsmüll gehört in die gelbe Tonne.
Die **Müllabfuhr** holt den Müll ab.
Der Müll kommt in die **Müllsortieranlage.**
Falsch einsortierter Müll erschwert die Arbeit der Maschinen.
Ein Teil des Mülls kann wiederverwendet werden.
Man spricht von **Recycling.**
Der Rest kommt in die **Müllverbrennungsanlage.**
Die richtige Mülltrennung unterstützt den **Wertstoffkreislauf.**
Durch den Wertstoffkreislauf kann man den Ausstoß von CO_2 verringern.
Seit 2012 gibt es das **Kreislaufwirtschaftsgesetz.**
Abfall muss vermieden oder recycelt werden.

der Abfall
die Abfälle
die Verpackung
die Verpackungen
der Verpackungs-müll
der Müll
die Müll-abfuhr
die Müll-sortier-anlage
das Recycling
die Müll-verbrennungs-anlage
die Müll-trennung
der Wert-stoff-kreislauf
CO_2 = Kohlenstoffdioxid
der Kreis-lauf
die Kreislauf-wirtschaft
das Kreislauf-wirtschafts-gesetz

1 Setze den richtigen Artikel vor das Nomen.

_____ Müll	_____ Mülltrennung	_____ Kreislaufwirtschafts-gesetz
_____ Müllabfuhr	_____ Kreislauf	
_____ Verpackungen	_____ Kreislaufwirtschaft	_____ Verpackungsmüll

Verpackungsmüll – vermeidbar?

Schülerbuch Seite 216

227,5 kg Verpackungsmüll pro Kopf
Pro-Kopf-Verbrauch von Verpackungen in Deutschland (in kg)

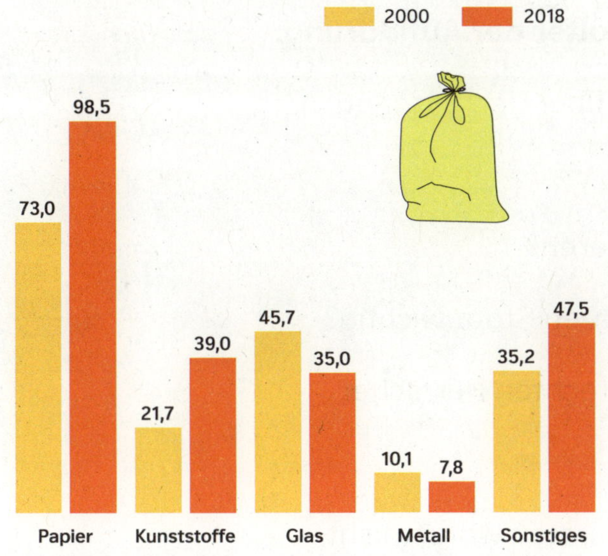

Quelle: Umweltbundesamt

28414EX © Westermann

M1 Verpackungsmüll pro Kopf in Deutschland 2000 und 2018 in Kilogramm (kg)

1 Vergleiche den Verpackungsmüll 2000 mit 2018. Ergänze dazu die Sätze.

Verpackungsmüll aus Papier ist von 2000 bis 2018 ______________ (mehr/weniger) geworden.

Verpackungsmüll aus Papier machte 2000 und 2018 den ______________ (kleinsten/größten) Teil des Verpackungsmülls aus.

Verpackungsmüll aus Kunststoffen ist von 2000 bis 2018 ______________ (mehr/weniger) geworden.

Verpackungsmüll aus Glas ist ________________ (mehr/weniger) geworden.

Verpackungsmüll aus Metall ist ______________ geworden.

Den geringsten Verpackungsmüll machte 2000 und 2018 ____________ aus.

Sonstiger Verpackungsmüll ist ______________ geworden.

Die Aufklärung

Schülerbuch Seite 228

Die Ideen der Aufklärung

Das 18. Jahrhundert gilt als das **Zeitalter der Aufklärung.** **Philosophen** und **Gelehrte** dachten über den Staat nach. Sie stellten Fragen wie: Wer soll einen Staat rechtmäßig regieren? Welche Gesetze sind für einen gerechten Staat wichtig? Darf sich das Volk gegen einen ungerechten Herrscher auflehnen? Die Erklärungen der Kirche und der Fürsten waren nicht mehr zufriedenstellend. Die **Aufklärer** forderten die Menschen auf, die eigene **Vernunft** zu benutzen. Die Aufklärer wollten die menschliche Gesellschaft verbessern. Sie entwickelten **neue Ideen** von **Freiheit, Selbstbestimmung** und **Toleranz.** Diese Ideen waren eine **Gefahr** für die **Könige,** die **Adeligen** und die **Kirche.**

Jahr-hundert
Zeit-alter
Auf-klärung

recht-mäßig

zufrieden-stellend

Vernunft
geistige Fähigkeit, sich ein Urteil zu bilden

Selbst-bestimmung

1 Ergänze die folgenden Sätze.

Wenn die Menschen die eigene Vernunft benutzen, können sie sich ______________________________. Sie glauben dann nicht mehr, was ihnen ____.

Das gefährdet aber die Macht der ______________________________.

Die Gewaltenteilung

Schülerbuch Seite 228

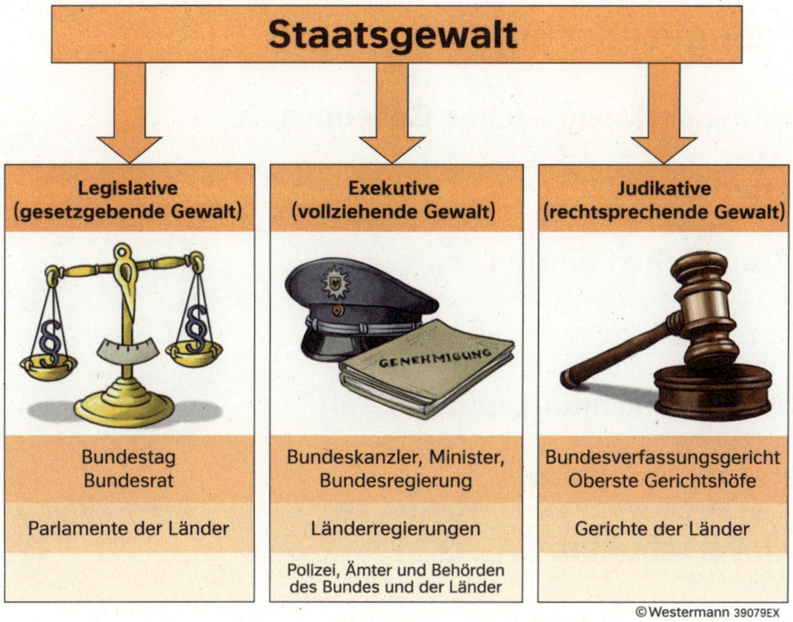

M1 Die Gewaltenteilung

1 Bilde Sätze, indem du die Satzteile zuordnest.

Mit der Gewaltenteilung soll verhindert werden, dass

Die drei Gewalten

Die Exekutive

ist die rechtsprechende Gewalt.

Die Judikative

ist die vollziehende Gewalt.

Die Legislative

die Macht auf einen Herrscher konzentriert ist.

ist die gesetzgebende Gewalt.

sollen sich gegenseitig kontrollieren.

Proteste des dritten Stands in Frankreich

Schülerbuch Seite 234

Die französische Ständegesellschaft

Es gab große **Unterschiede** in der **französischen Gesellschaft.**

Der **Klerus** bildete den **ersten Stand.**

Die **Bischöfe** und **hohen Geistlichen** führten ein prunkvolles Leben.

Die einfachen **Pfarrer** lebten in schlichten Verhältnissen.

Klerus = katholische Geistlichkeit
der Geist-liche
die Geist-lichen
prunk-voll

Den **zweiten Stand** bildeten die **Adeligen.**

Einige Adelige waren **hoch verschuldet.**

Ein kleiner Teil des Adels lebte im **Schloss** des Königs in Versailles.

Versailles
liegt in der Nähe von Paris.

Der König bezahlte ihr **luxuriöses Leben.**

Der König finanzierte das durch höhere **Steuern.**

Die meisten Menschen gehörten zum **dritten Stand.**

Sie waren **arm.**

Die meisten **Bauern** pachteten ihr Land von einem adeligen Grundherrn.

Grund-herr

Sie mussten für ihn Frondienste verrichten.

Fron-dienste
unbezahlte persönliche Dienstleistung

Sie mussten ein Zehntel ihrer Ernte an ihn abgeben.

Die meisten **Handwerker** und **Arbeiter** in den Städten waren auch arm.

Hand-werker

Nur den **Bürgern** ging es besser.

Nur der dritte Stand musste **Steuern** bezahlen.

ADJEKTIVE, DIE EINE LEBENSFÜHRUNG BESCHREIBEN

prunkvoll ***schlicht*** ***verschuldet*** ***luxuriös*** ***arm/ärmlich***

Die Aufbau der französischen Gesellschaft

Schülerbuch Seite 234

M1 Der Aufbau der französischen Gesellschaft um 1780

1 Wer gehörte zu welchem Stand?

Erster Stand: ______________________

____

Zweiter Stand: ______________________

____

Dritter Stand: ______________________

____

Standeslose (ohne Stand): ______________________

____

2 Wer bezahlte Steuern?

____

3 Führten alle Adeligen ein luxuriöses Leben?

____

1789 – Freiheit, Gleichheit, Brüderlichkeit?

Schülerbuch Seite 236

Von der Monarchie zur Republik

1789 erklärte sich der dritte Stand zur **Nationalversammlung.** Aus Protesten wurde eine **Revolution.** Die Nationalversammlung erließ verschiedene **Gesetze.** Der **König** sollte diese Gesetze akzeptieren. Die Nationalversammlung schaffte die **Ständegesellschaft** ab. Sie verabschiedete 1789 die **Erklärung der Menschenrechte und Bürgerrechte.** Der König willigte schließlich ein. Er musste seine absolute Macht aufgeben. Frankreich wurde eine **konstitutionelle Monarchie.** 1792 **setzte die Nationalversammlung den König** ab. Frankreich wurde eine **Republik.** **Radikale Revolutionäre** setzten sich durch. Sie führten eine **Schreckensherrschaft.** 1799 erlangte **Napoleon Bonaparte** die alleinige Macht. Er gab Frankreich eine neue Verfassung. Er erklärte die Revolution für beendet. Napoleon krönte sich 1804 selbst zum **Kaiser** Frankreichs.

Monarchie
Staatsform mit einem gekrönten Herrscher

National-versammlung

Stände-gesellschaft

Menschen-rechte
Bürger-rechte

konstitutionelle Monarchie
Monarchie, in der die Macht des Königs durch eine Verfassung eingeschränkt ist

Republik
nicht-monarchische Staatsform

Schreckens-herrschaft

Dadurch wurde Frankreich wieder eine Monarchie.

1 Notiere, was sich durch die Nationalversammlung änderte.

____

____

____

Die „Freiheit" führt das Volk

Schülerbuch Seite 236

M1 Gemälde von Eugène Delacroix (1830)

1 Der Maler Delacroix erlebte die Ereignisse hautnah mit. Er war 32 Jahre alt, als er das Bild 1830 malte.
Beschreibe das Bild, indem du den Lückentext ausfüllst.

Die Freiheit führt die Revolutionäre an. Sie hält die ____________________ hoch.

In der linken Hand hat sie eine __________________________________. Links im

Bild sieht man einen ___________________________, einen ______________________

und einen _______________, der ____________ aufhebt. Vorne im Bild, zu Füßen

der Freiheit, liegt ein _______________. Rechts im Bild ist ein weiterer

____________ zu sehen. Im Hintergrund ______________________________________.

Die Allgemeine Erklärung der Menschenrechte

Schülerbuch Seite 242

Die Gründung der Vereinten Nationen

Während des **Zweiten Weltkriegs** wurden grausame Verbrechen an unschuldigen Menschen begangen. Man musste **in Zukunft Kriege verhindern.** Man musste die Menschen wirksam schützen. Vertreter aus 50 Staaten kamen im Juni 1945 zusammen. Sie gründeten die **Organisation der Vereinten Nationen,** die **UNO.** 193 Staaten sind heute Mitglied der UNO. Das sind fast alle Staaten der Welt.

Welt-krieg

UNO = United Nations Organisation

Die Entwicklung der Menschenrechte

Die UNO setzte 1946 eine **Arbeitsgruppe** ein. Die Arbeitsgruppe sollte die **Menschenrechte** erarbeiten und aufschreiben. Die Mitgliedsstaaten der UNO nahmen die **Allgemeine Erklärung der Menschenrechte** 1948 an. Zum ersten Mal in der Weltgeschichte sollten diese **Rechte für alle Menschen** gelten.

Menschen-rechte

Arbeits-gruppe

Welt-geschichte

1 Warum gründete man die Organisation der Vereinten Nationen?

Man wollte nach den Erfahrungen im Zweiten Weltkrieg in Zukunft

____

2 Warum ist die Allgemeine Erklärung der Menschenrechte so wichtig?

Die Menschenrechte ____

____

Die Menschenrechte

Schülerbuch Seite 243

Artikel 1 Alle Menschen sind frei und gleich an Würde und Rechten geboren.	
Artikel 4 Niemand darf in Sklaverei gehalten werden.	
Artikel 18 Jeder hat das Recht auf Gedanken-, Gewissens- und Religionsfreiheit.	
Artikel 26 Jeder hat das Recht auf Bildung.	

1 **Fertige zu den oben angegebenen Artikeln Zeichnungen an.**

2 **Das Logo der Menschenrechte ist im Buch auf Seite 242 abgebildet. Es verbindet den Umriss einer offenen Hand mit dem eines Vogels (Friedenstaube). Zeichne es.**

Toleranz und Freiheit

Schülerbuch Seite 268

Religionsfreiheit weltweit?

Religionsfreiheit gibt es nicht überall auf der Welt. Gläubige werden in Ländern ohne Religionsfreiheit verfolgt, gefoltert oder sogar getötet. In diesen Ländern herrscht **keine Toleranz.** In einem Land mit Religionsfreiheit darf jeder selbst entscheiden, an was er glaubt oder nicht. **Toleranz** ist die **Grundlage** in diesen Ländern. Toleranz bedeutet, dass man jeden so akzeptiert, wie er ist.

Religions-freiheit

Grund-lage

House of One

In Berlin Mitte entsteht ein **interreligiöses Friedensprojekt.** Das bedeutet, dass Menschen verschiedener Religionen beteiligt sind. Eine **Synagoge,** eine **Kirche** und eine **Moschee** werden sich in einem Haus befinden. Dieses Haus soll „House of One" heißen. Es gibt in diesem Haus einen **Kuppelsaal.** Hier können sich Menschen mit verschiedenen Religionen begegnen.

inter-religiöses

Friedens-projekt

Kuppel-saal

1 Stelle die Idee des „House of One" in einem Bild dar.

Die Religionszugehörigkeit in Deutschland

Schülerbuch Seite 268

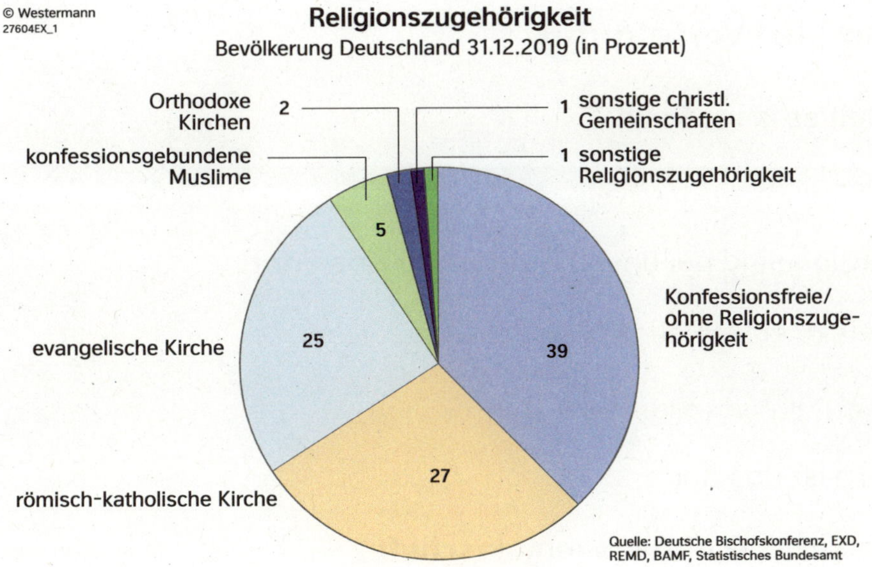

M1 Die Religionszugehörigkeit in Deutschland

1 Trage die Daten aus dem Kreisdiagramm in die Tabelle ein.

	Religionszugehörigkeit in Prozent (... von 100)
römisch-katholische Kirche	
evangelische Kirche	
konfessionsgebundene Muslime	
orthodoxe Kirchen	
sonstige christliche Gemeinschaften	
sonstige Religionszugehörigkeit	
Konfessionsfreie / ohne Religionszugehörigkeit	

2 Religionsfreiheit bedeutet auch, dass man zu keiner Religion gehören kann. Wie wichtig ist Religion für dich?

Gibt es eine falsche Religion?

Schülerbuch Seite 272

Religion als Grund für Verfolgung

In **Deutschland** spielt es keine Rolle, was wir glauben oder nicht. **Regierung** und **Religion** sind bei uns **voneinander getrennt.** Unsere Zugehörigkeit zu einer Religion ist im Alltag nicht wichtig. In **manchen Ländern** ist das anders. Die **Zugehörigkeit** zu einer **Glaubensgemeinschaft** kann über Krieg und Frieden entscheiden. Die Religion kann über **Leben** und **Tod** entscheiden. Beispiele: Die jesidische Bevölkerung wurde vom sogenannten Islamischen Staat vertrieben. Die muslimischen Rohingya wurden von der buddhistischen Bevölkerung Myanmars vertrieben.

Glaubens-gemeinschaft

Die Jesiden *stammen ursprünglich aus dem Nord-Irak, aus Nord-Syrien und aus der süd-östlichen Türkei.*

Myanmar *liegt in Südostasien.*

Religions-freiheit

Die **Religionsfreiheit** ist ein wichtiges **Recht.** Dieses Recht schließt die Freiheit ein, seine Religion zu wechseln.

1 Stimmst du zu oder nicht? Kreuze an.

	stimme zu	**stimme nicht zu**
Religion spielt bei uns keine Rolle.		
Ich kann über meine Religion entscheiden.		
Religionsfreiheit ist ein wichtiges Recht.		

Jesidische Frauen im Nordirak

Schülerbuch Seite 272

M1 Jesidische Frauen trauern um einen getöteten Angehörigen.

1 **Versetze dich in die Situation der Frauen. Was denken und fühlen sie? Trage die Gedanken und Gefühle in die Denkblasen ein.**

2 **Würdest du einer Menschenrechtsorganisation beitreten? Notiere deine Gründe.**

Die Reformation

Schülerbuch Seite 278

Bilder – die Bibel der Armen

Die **Bibel** gab es im Mittelalter nur in der **lateinischen Übersetzung.** Nur die Angehörigen des **Klerus** konnten in der Regel die lateinische Sprache **lesen** und **schreiben.** Die Mehrzahl der **Christen** erfuhr nur in den Kirchen, was in der Bibel steht. Die Angehörigen des Klerus gaben aber ihre eigene Auslegung der Bibel wieder. Sie konnten damit ihre Macht ausüben. **Bilder** wurden als Hilfe benutzt. Man konnte mit Bildern die Bibel erklären.

Über-setzung

Mehr-zahl

Aus-legung
Erklärung der Texte in der Bibel

Der Ablasshandel

Die Christen glaubten im Mittelalter an das **Fegefeuer.** Die Menschen kamen nach ihrem Tod ins Fegefeuer. Das Oberhaupt der katholischen Kirche versprach eine Erlösung von den dortigen Qualen. Die Gläubigen konnten dem Fegefeuer entkommen. Sie brauchten nur einen **Ablassbrief** zu kaufen. Sie wurden dadurch frei von **Sünden.** Man konnte auch seine Familienangehörigen freikaufen. **Martin Luther** wendete sich gegen den Ablasshandel. Die Anhänger von Luther wurden immer mehr. Es kam zur **Spaltung** der **christlichen** Kirche.

Fege-feuer

Ober-haupt

Ablass-brief

Familien-angehörige

Ablass-handel

Das Weltgericht

Schülerbuch Seite 278

M1 Gemälde von Hieronymus Bosch (um 1500 – 1505)

Die Menschen im Mittelalter erfuhren aus den Predigten in der Kirche, was sie nach ihrem Tod zu erwarten hatten. Sie konnten nicht lesen, also waren Bilder die Quelle der Information.

1 **Versetze dich in die Lage eines Menschen im Mittelalter. Beschreibe deine Eindrücke und Gefühle, wenn du dieses Bild ansiehst.**

2 **Würdest du einen Ablassbrief kaufen?**

Der Nordirlandkonflikt

Schülerbuch Seite 284

Wieso gab es einen bewaffneten Konflikt in Nordirland?

Irland erlangte 1921 seine **Unabhängigkeit** von Großbritannien.
Die **Mehrheit** der **irischen Bevölkerung** ist **katholisch.**
Nordirland gehört bis heute zu **Großbritannien.**
Die **Mehrheit** der **Bevölkerung** in **Nordirland** war **protestantisch.**
Die Katholiken bildeten eine Minderheit.
Die Katholiken fühlten sich unterdrückt.
Der **Konflikt** verschärfte sich zunehmend.
Es bildeten sich **Bürgerrechtsbewegungen.**
Es ging nicht nur um die **Religion.**
Die katholische Bevölkerung forderte **gleiche Rechte.**
Die **IRA** mischte sich ein.
Die IRA war eine katholische Kampforganisation.
Die IRA kämpfte gegen Protestanten und die britische Armee.
Es kam zu **Straßenschlachten.**
Aus dem Konflikt wurde ein **Bürgerkrieg.**

Un-ab-hängig-keit
Groß-britannien
Mehr-heit
Nord-irland
Minder-heit
Bürger-rechts-bewegung
IRA = Irish Republican Army
Kampf-organisation
Straßen-schlachten
Bürger-krieg

1 Ergänze die Entwicklung des Konflikts in Nordirland.

In Nordirland bildeten die __________ die Mehrheit. → Die katholische Minderheit forderte __________. → Die __________ mischte sich ein. → Aus dem Konflikt wurde ein __________.

Straßenschlachten in Derry/Londonderry

Schülerbuch Seite 284

Nordirland gehört bis heute	mischte sich ein
war protestantisch	Es bildeten sich
Aus dem Konflikt	Die katholische Bevölkerung in Nordirland
Die Mehrheit der Bevölkerung in Nordirland	Die IRA
bildete die Minderheit	zu Großbritannien
Bürgerrechtsbewegungen	Die Katholiken forderten
fühlte sich unterdrückt	wurde ein Bürgerkrieg
Die katholische Bevölkerung	gleiche Rechte

1 Beschreibe die Entwicklung des Konflikts in Nordirland. Setze dazu die Satzteile zusammen.

Zum Einstieg

Schülerbuch Seite 10 – 11

1 Ordne die Bilder den Überschriften zu, indem du die Titel (M1 – M12) in die Tabelle einträgst.

Lebensverhältnisse früher und heute	Leben in einer Stadt und auf dem Land	Ursachen von Migration und Flucht	Vielfalt des Zusammenlebens in Deutschland

2 a) Wähle ein Bild aus, das etwas mit deiner Zukunftsvorstellung zu tun hat.

M___: ______________________________

b) Begründe deine Entscheidung.

____

____

____

3 a) Wähle ein Bild aus, das zeigt, was du in deiner Zukunft auf keinen Fall erleben möchtest.

M___: ______________________________

b) Begründe deine Entscheidung.

____

____

____

Wohnen in (m)einer Stadt

Schülerbuch Seite 12 – 13

1 Lokalisiere die Wohnorte von Tim, Paula, Deniz und Elena.
a) Lies dazu M2 und trage die Wohnorte in die Tabelle ein.
b) Trage in die Tabelle ein, in welcher Karte (M1 oder M6) die Wohnorte zu finden sind.

Kind	Wohnort	Karte
Tim		
Paula		
Deniz		
Elena		

2 Untersuche, ob die Innenstadt von Hannover die Daseinsgrundfunktionen erfüllt. Werte dazu die Karte M1 aus, indem du die folgenden Schritte bearbeitest:

Schritt 1: Nenne das Thema der Karte: ______________________

Nenne den Raum, den die Karte zeigt: ______________________

Lies die Legende und trage in die Tabelle ein, wo und mit welcher Signatur die Daseinsgrundfunktionen erfüllt werden. Die Begriffe können mehrfach vorkommen.

arbeiten	wohnen	sich versorgen	sich erholen	sich bilden

Schritt 2: Erkläre an einigen Beispiele wie die Daseinsgrundfunktionen zusammenhängen. Denke dabei an „arbeiten" und „sich versorgen".

Schritt 3: Begründe, ob Hannover die Daseinsgrundfunktionen erfüllt.

Gleiche Stadt – gleiche Bedingungen?

Schülerbuch Seite 14 – 15

1 Wie unterscheiden sich die Stadtviertel in Köln? Werte die Karte M2 aus.

Nenne das Thema der Karte: ______________________________

Nenne den Raum, den die Karte zeigt: ______________________________

2 Lies die Legende „Bevölkerungsdichte“ und trage jeweils 3 Stadtviertel mit den passenden Einwohnerzahlen ein.

0 – 1000 Einwohner/km²	1000 – 2500 Einwohner/km²	2500 – 5000 Einwohner/km²	> 5000 Einwohner/km²

3 Schreibe zu den ausgewählten Stadtvierteln die Informationen zur Arbeitslosenquote, zur Kaufkraft, wie viele Personen in einem Haushalt leben und zur Wohnfläche auf.

Stadtviertel	Arbeitslosenquote in Prozent	Kaufkraft in Euro/ Jahr	Personen pro Haushalt	Wohnfläche in m²/Wohnung
Worringen				
Junkersdorf				
Lindenthal				
Nippes				

4 Beschreibe die Zusammenhänge, indem du den Lückentext ausfüllst.

In den Randgebieten sind eher die ______________ Farben, da hier oft weniger Einwohner mit ______________________ wohnen. Die Wohnfläche in den Randgebieten ist ______________ als z. B. in der Altstadt. Die Stadtviertel mit hoher Arbeitslosenquote haben häufig eine ______________________ z. B. Köln-Kalk.

Stadtleben oder Landleben?

Schülerbuch Seite 16 – 17

1 Werte das Luftbild von Lindau (M1) aus. Gehe so vor:

Schritt 1:

Nenne den Titel des Luftbildes und die Quelle.

Titel: ______________________________ Quelle: ________________

Beschreibe mithilfe des Atlas die Lage des Ortes. Fülle die Tabelle aus.

Halbkugel und Kontinent	
Land und Bundesland	
Lage mithilfe der Himmelsrichtungen im Bundesland	
Lage mithilfe der Himmelsrichtungen zu Städten	
Bundesstraße	
Flüsse Gebirge	

Schritt 2:

Beschreibe die Auffälligkeiten des Bildes, z. B. die Umgebung oder auch große Straßen.

____

____

____

Nenne die überwiegende Flächennutzung und Bebauung.

____

____

Leben auf dem Land im Mittelalter

Schülerbuch Seite 18 – 19

1 Fülle die beiden Uhren mit den typischen Tätigkeiten von dir und einem Jugendlichen auf dem Land im Mittelalter aus.

Meine Tätigkeiten:

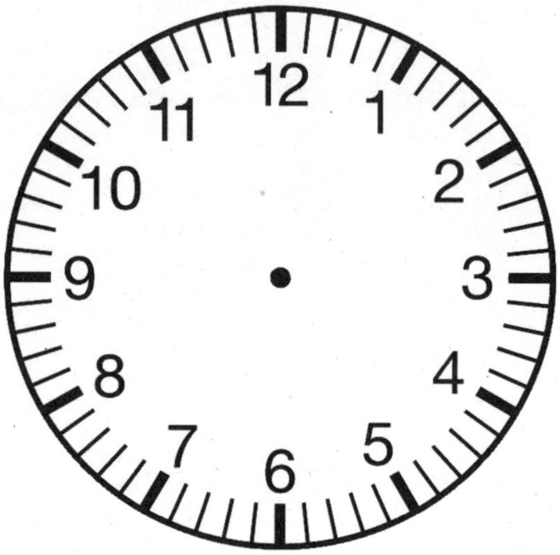

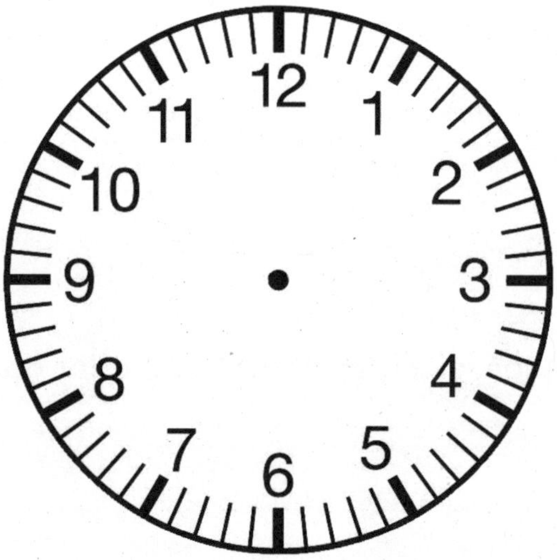

Tätigkeiten Jugendlicher im Mittelalter:

Stadtgründungen im Mittelalter

Schülerbuch Seite 20 – 21

1 **Nenne den Zeitraum der Stadtgründungen im Mittelalter.**

2 **Nenne Gründe, warum es zu Stadtgründungen kam. Schreibe zu jedem Bild eine Erklärung mithilfe des Textes.**

Bild	Erklärung

3 **Erstelle eine Liste mit Städten, die durch ihre Endungen auf ihre Gründung hinweisen, wie z. B. Ham-burg.**

-furt	-brücken	-hafen	-kirchen	-burg

Leben in einer mittelalterlichen Stadt

Schülerbuch Seite 22 – 23

1 Ordne die Personen in M2 einer Schicht (M1) zu, indem du die Informationen aus den Texten (M2) in die Tabelle einträgst.

Person	Informationen	Schicht

Menschen auf Wanderschaft

Schülerbuch Seite 24 – 25

1 **Nenne Gründe und Ursachen, warum Menschen ihre Heimat verlassen (Text „Viele Gründe für Migration“).**

____

____

____

2 **Erkläre, was Push-Faktoren und Pull-Faktoren sind (Text).**

____

____

____

____

____

____

3 **Übertrage die Tabelle auf ein Extrablatt und fülle sie mithilfe deiner Ergebnisse aus den Aufgaben zuvor und M3 aus. Verfahre wie im Beispiel.**

Form der Migration (M3)	Freiwilligkeit (freiwillig oder gezwungen)	Push- oder Pull-Faktoren	Beispiel (ausgedacht)
Arbeits-migration	freiwillig	Pull-Faktor: bessere Entlohnung	Frau Brandt hat keinen Job, in Italien wird ihr einer angeboten.

Zuwanderung in Deutschland

Schülerbuch Seite 28 – 29

1 Nenne Gründe, warum Menschen nach Deutschland kommen (Text).

____

____

____

2 Untersuche die Lebensgeschichten der Bewohner der Nordstraße 2 (M2). Vervollständige dazu die Tabelle.

Name	Beruf	Grund für Aufenthalt in Deutschland
Kala		
Elsa		
Onur		
Gabriela		

3 Benenne die Form der Migration, indem du die Bewohner mit seiner/ihrer Migrationsform verbindest (Buch S. 24 M3).

Kala	keine Migration, da in Deutschland geboren
Elsa	Migration auf Zeit
Onur	Bildungsmigration
Gabriela	Arbeitsmigration

4 Begründe deine Zuordnung für Onur. Schreibe in dein Heft.

Flucht nach Europa

Schülerbuch Seite 30 – 31

1 Beschreibe den Weg Hakims nach Deutschland, indem du seinen Weg in die Karte mit den Ziffern 1 bis 9 einträgst. Nutze deinen Atlas.

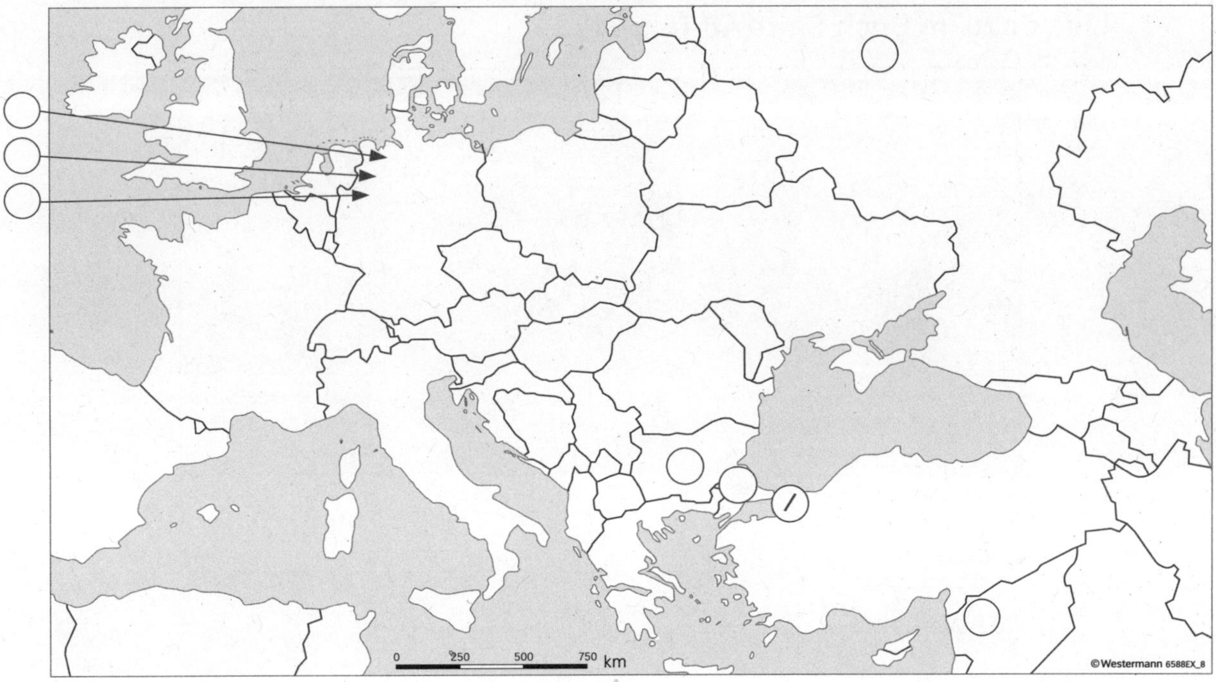

M1 Europakarte

	Station	Erlebte
1	Aleppo	
2	Istanbul	
3	Moskau	
4	Istanbul	
5	Grenze Türkei-Bulgarien	
6	Bulgarien	
7	Dortmund/Essen	
8	Bramsche	
9	Oldenburg	

2 Schreibe in die Tabelle, was Hakim an den einzelnen Stationen erlebt hat.

Gepfefferte Preise

Schülerbuch Seite 48 – 49

1 **a) Trage in die Karte die Stadt Venedig (Italien) ein.**
b) Trage in die Karte die heutigen Herkunftsgebiete von Pfeffer ein. Lies dazu im Buch Seite 48 Text M4.

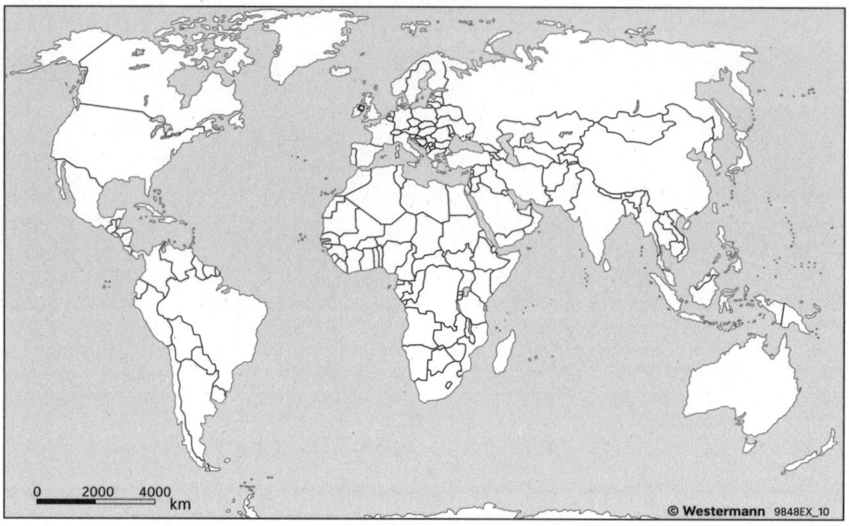

M1 Weltkarte

2 **Erkläre den Begriff „Pfeffersäcke", indem du die falschen Aussagen verbesserst.**
a) Als Pfeffersäcke bezeichnete man arme Kaufleute.

____

b) Die Kaufleute wurden besonders durch den Weiterverkauf von Salz reich.

____

c) Sie verkauften Pfeffer zum doppelten Preis als sie dafür bezahlt hatten.

____

3 **Erläutere, warum Kaufleute wie die Fugger sogar Einfluss auf die Herrschenden hatten. Lies dazu den Text „Kaufleute wurden reich und mächtig" im Buch Seite 49.**

____

____

____

____

____

Neue Welt

Schülerbuch Seite 50 – 51

1 Beschreibe die Entwicklung des Weltbildes, indem du auf die Unterschiede zwischen den Weltanschauungen eingehst.

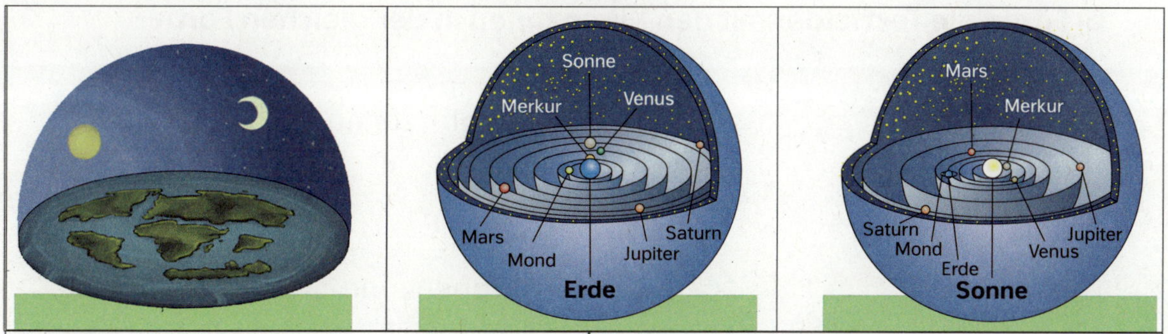

2 Erkläre die Veränderungen beim Handel, indem du den Lückentext vervollständigst. Lies dazu den Text „Neue Bedingungen für den Handel" im Buch Seite 50.

Lange Zeit brachten Kaufleute aus Genua und V _ _ _ _ _ _ besondere Waren aus dem Fernen Osten nach E _ _ _ _ _ ein. Es handelte sich bei den Waren um Edelsteine, S _ _ _ _, Farbstoffe, Teppiche und besonders G _ _ _ _ _ _ _. 1453 nahmen die Türken K _ _ _ _ _ _ _ _ _ _ _ _ _ _ ein. Dadurch ging der Handel zurück. Der osmanische S _ _ _ _ _ verlangte für die Waren zusätzlich viel Geld, sogenannten Z _ _ _, weil der Handelsweg durch sein G _ _ _ _ _ verlief. Damit wurden die Waren viel t _ _ _ _ _ und der osmanische Sultan konnte die Handelswege k _ _ _ _ _ _ _ _ _ _ _ _. Dadurch suchten die Händler nach anderen H _ _ _ _ _ _ _ _ _ _ _ _, die nicht durch das osmanische Reich führten.

Auf die Sonne kommt es an – die Klimazonen

Schülerbuch Seite 54 – 55

1 Bestimme die Klimazonen.
a) Färbe die Klimazonen wie im Buch Seite 55.
b) Färbe die Textfelder mit den Klimazonen in der gleichen Farbe.

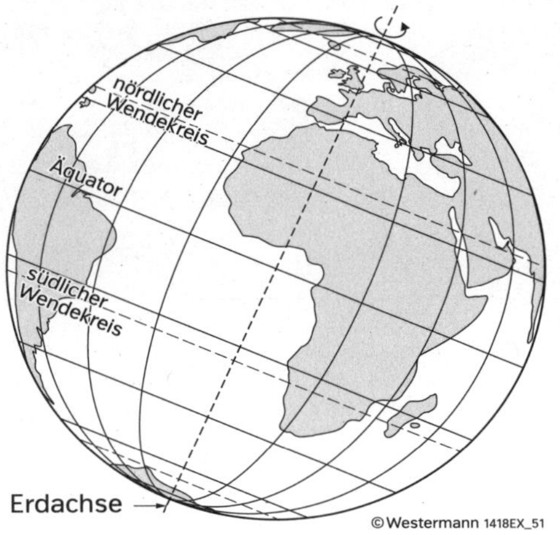

M1 Klimazonen

Subpolarzonen

Subtropenzonen

Tropenzone

gemäßigte Zonen

Polarzonen

2 Ordne die Textfelder den Klimazonen zu, indem du sie in der gleichen Farbe markierst wie in dem Modell bei Aufgabe 1.

Übergangszonen

das ganze Jahr über warm

Trocken- und Regenzeiten

Niederschlag meist als Schnee

ausgeprägte Jahreszeiten

Übergangszone

das ganze Jahr über kalt

keine Jahreszeiten

ganzjährig Niederschlag

gemäßigte Temperaturen

in Äquatornähe täglich Niederschlag

3 Bestimme die Klimazone, in der du lebst, und belege dies mit Beispielen.

Warum wachsen bei uns keine Bananen? (1)

Schülerbuch Seite 56 – 57

1 Benenne die Vegetationszonen, durch die der rote Pfeil verläuft.

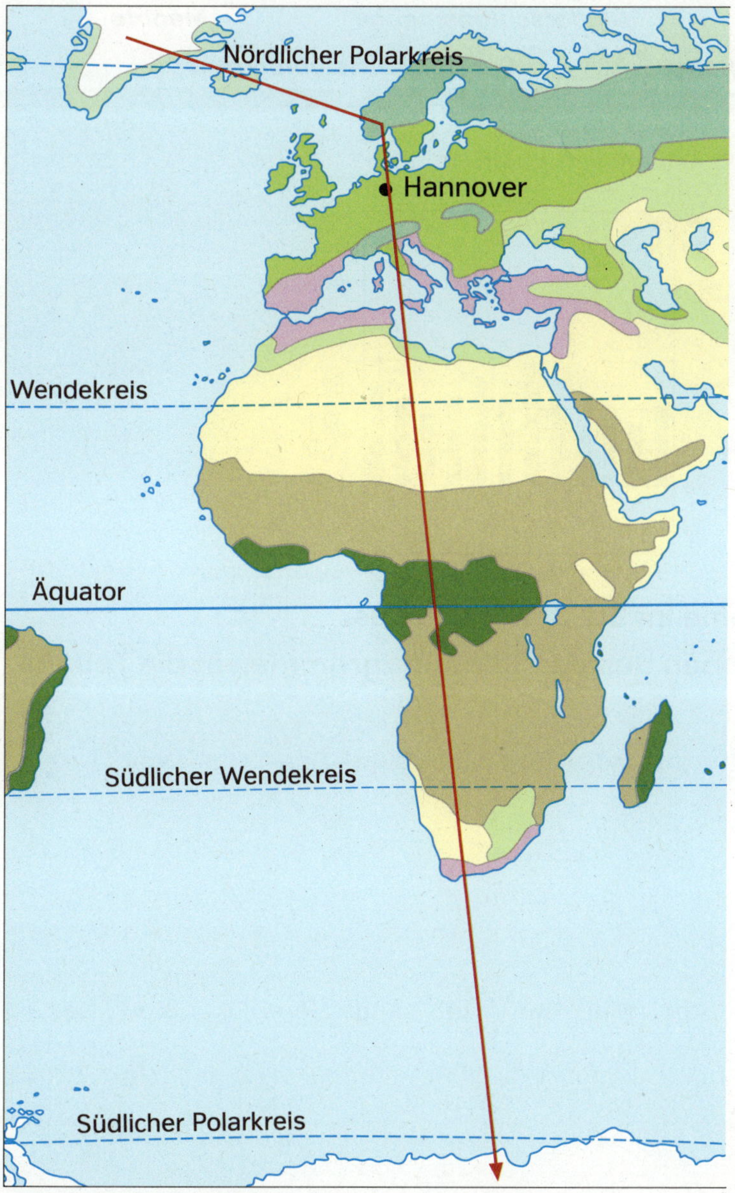

M1 Vegetationszonen

**2 Sieh dir die Auflistung der Vegetationszonen an.
Beschreibe Auffälligkeiten und versuche Gründe dafür zu formulieren.**

Warum wachsen bei uns keine Bananen? (2)

Schülerbuch Seite 56 – 57

3 Beschrifte die Pfeile am Klimadiagramm mit den folgenden Fachbegriffen:

Ort	*Temperatur*	*Niederschlagsmenge*	*Monate*
Jahresniederschlagsmenge	*Durchschnittstemperatur*		

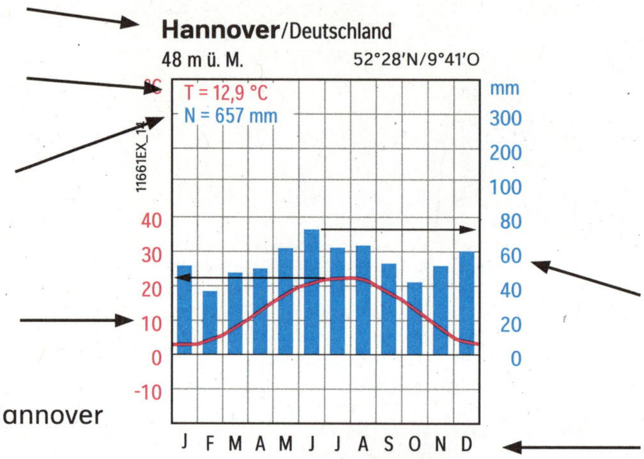

M1 Klimadiagramm Hannover

4 Werte die Klimadiagramme im Buch Seite 56 aus.
Übertrage die Informationen aus den Klimadiagrammen in die Tabelle.

Hannover	Jan	Feb	Mär	Apr	Mai	Jun	Jul	Aug	Sep	Okt	Nov	Dez	Jahr
°C													
mm													

Manaus	Jan	Feb	Mär	Apr	Mai	Jun	Jul	Aug	Sep	Okt	Nov	Dez	Jahr
°C													
mm													

5 Beantworte die folgenden Fragen für beide Städte.

a) Welcher ist der wärmste/kälteste Monat?

___

b) Wie warm ist es im Durchschnitt?

___

c) Wann fällt der meiste/wenigste Niederschlag?

___

d) Wie viel Niederschlag fällt im ganzen Jahr?

___

Menschen als Handelsware?

Schülerbuch Seite 60 – 61

1 a) Nenne die Kontinente, zwischen denen der Dreieckshandel bestand. Schreibe sie an die Ecken des Dreiecks. Nutze M2 im Buch Seite 60.

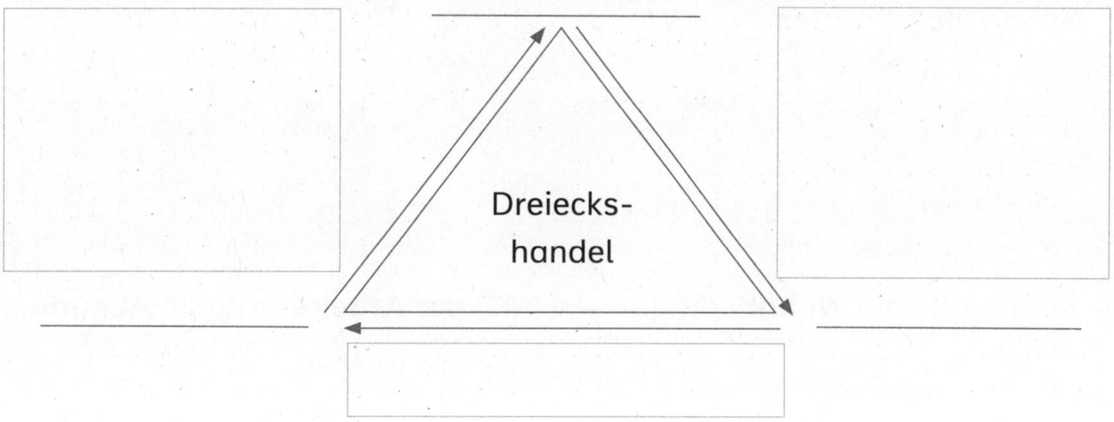

b) Nenne die Handelsgüter und schreibe sie in die Kästen.

2 Beschreibe den Dreieckshandel, indem du den Lückentext vervollständigst. Nutze den Wortspeicher darunter.

Um die großen ____________________ in Amerika zu bewirtschaften, benötigten die Großgrundbesitzer viele Arbeitskräfte. Diese holten sie sich vor allem aus ____________________. Dort wurden diese Menschen zuerst ____________________, dann ____________________ und zuletzt auf Sklavenmärkten ____________________. An diesem Handel verdienten die Sklavenhändler viel ____________________, weil sie die Sklaven ____________________ in Westafrika aufkauften und ____________________ in Amerika verkauften. Die von Sklaven produzierten Waren wurden nach Europa verschifft und dort als ____________________ verkauft. Diese Wirtschaftsform nennt man ____________________.

verkauft	Plantagen	Geld	verschifft	versklavt
Westafrika	Dreieckshandel	billig	teuer	Kolonialwaren

Arbeitsbedingungen – heute besser?

Schülerbuch Seite 64 – 65

1 Bestimme das Land und den Kontinent, in dem Almería liegt.

Land: ______________________ Kontinent: ______________________

2 Nenne die 4 Probleme der Wanderarbeiter. Lies dazu M2 im Buch Seite 64.

____

____

____

3 Beschreibe die Wohnbedingungen (M3) der Arbeitskräfte in Almería.

____

____

____

____

____

____

____

____

4 Bewerte die Arbeitsbedingungen der Arbeitskräfte in Almería. Nutze dafür deine Antworten der Aufgaben 2 und 3. Tipp: Wie genau sind die Arbeitsbedingungen? Wie findest du sie? Begründe deine Meinung.

____

____

____

____

____

____

____

Werbung und Wirklichkeit

Schülerbuch Seite 68 – 69

1 **a) Formuliere bekannte oder eigene Slogans, die zu den unten aufgeführten Kriterien passen.**
b) Markiere die Kriterien farbig, die du am wichtigsten findest.

M1 Regionale Produkte

Kriterien	Werbebegriffe
Regionale Herkunft	z. B. „aus Ihrer Region“, ...
Geschmack	
Marken	
Neue Produkte	
Produktinformationen	
Preis	

2 Der Goldene Windbeutel ging 2020 an ein Unternehmen, das Käse herstellt. Dieses Unternehmen bewirbt, dass die Milch von freilaufenden Kühen kommt. In Wirklichkeit stehen diese Tiere aber im Stall. Diese Information steht im Kleingedruckten auf der Rückseite. Dreiviertel der Verbraucherinnen und Verbraucher beurteilten dies als irreführend. Foodwatch forderte die zuständige Kontrollbehörde auf, gegen die Werbelüge vorzugehen.

a) Erkläre, warum das Unternehmen 2020 den Goldenen Windbeutel erhielt.

b) Ist der Goldene Windbeutel dafür gerechtfertigt? Begründe deine Meinung.

Schutz der Natur vor Ausbeutung

Schülerbuch Seite 72 – 73

1 a) Verbinde die Textfelder mit der richtigen Jahreszahl an der Zeitleiste.
b) Vervollständige die Textfelder.

Der Präsident von Ecuador, R. Correa, schlägt vor, einen Teil ____________________
____
____
____

Vor Gericht gewinnen ____________________
____
____
____
____

2007

2013

2020

2021

2,5 Millionen Liter ____________________
____
____
____
____

Das Projekt von R. Correa scheitert, weil ____________________
____
____
____

2 Bereite einen Bericht über die Ölkatastrophe vom April 2020 vor, indem du die Tabelle mit Stichworten ausfüllst.

Einleitung	Wann geschah es?	
	Was geschah? (kurz)	
	Wo geschah es?	
Hauptteil	Warum geschah es?	
	Was geschah genau?	
Schluss	Welche Folgen hatte es?	

3 Schreibe nun mithilfe der Tabelle deinen Bericht auf ein Extrablatt. Beachte, dass Berichte sachlich und ohne eigene Meinung sind.

Erwachsen – wie wird man das?

Schülerbuch Seite 84 – 85

1 Beschreibe in eigenen Worten, was ein „Ritual“ ist.

____

____

2 Benenne die Funktion von Ritualen, indem du die passenden Begriffe markierst.

Fähigkeiten beweisen können	Partys ohne Regeln und Sinn	Gemeinschaftsgefühl fördern
Einzelkämpfer stärken		Herabwürdigen von Fähigkeiten
Ausgrenzen/ Mobbing	Regeln/Pflichten kennenlernen	Selbstbewusstsein stärken

3 Vervollständige den Lückentext. Hilfe findest im Buch Seite 84 „Stichwort Initiation“.

Initiation ist ein Ü____________________. Sie bezeichnet damit den Übergang in eine neue L____________________. Diese rituellen Handlungen finden oft bei Z____________________ statt.

4 Wähle ein Beispiel für ein Ritual / eine Initiation aus dem Buch und beschreibe sie.

____

____

____

____

____

____

Wachsen, aufwachsen, erwachsen?

Schülerbuch Seite 86 – 87

1 Vergleiche die biologischen, sozialen und psychischen Veränderungen während der Pubertät.

Veränderungen	Mädchen	Jungen
biologische (am/im Körper) (Text Pubertät)		
soziale (Verhalten gegenüber Menschen) (Text M6)		
psychische (im Gehirn/Gefühle) (Text „Baustelle im Gehirn")		

2 Benenne den Unterschied zwischen Pubertät und Adoleszenz.

3 Markiere die Begriffe, die zur biologischen Veränderung gehören, grün und die zur geistigen/psychischen Veränderung gehören, gelb.

Veränderungen im Gehirn	Geschlechtsorgane wachsen	Unterhaltung über aktuell wichtige Themen
Brust wächst	Pickel im Gesicht	
eigene Gefühle besser kontrollieren	„vernünftigeres" Verhalten	Bartwuchs

Mehr Rechte – mehr Verantwortung?

Schülerbuch Seite 90 – 91

1 Benenne die Rechte und Pflichten jeden Alters, indem du in der Tabelle entsprechend ankreuzt.

		Alter in Jahren				
		6	8	14	16	18
Rechte	Schenkungen annehmen ohne Erlaubnis der Eltern		X	X	X	X
	bei getrennten Eltern mitentscheiden, bei wem man wohnen/leben möchte					
	einen neuen Handyvertrag abschließen					
	bei Kommunalwahlen wählen					
	leichte Arbeiten übernehmen					
	Fahrerlaubnis Pkw					
	entscheiden, welcher Religion man angehört					
	ohne Eltern am Kiosk ein Eis kaufen (Taschengeld)					
	Fahrerlaubnis Roller					
	bis Mitternacht in die Disko/ins Kino gehen					
	Erbe erhalten dürfen					
	heiraten					
Pflichten	zur Schule gehen					
	Jugendstrafrecht gilt					
	in der Regel gilt das Erwachsenenstrafrecht					

2 Findest du es okay, dass 18-Jährige mehr Rechte haben als 14-Jährige? Begründe deine Meinung.

Besondere Rechte für junge Menschen

Schülerbuch Seite 92 – 93

1 Vergleiche deinen Tagesablauf mit dem Tagesablauf eines Kindes aus dem 19. Jahrhundert. Fülle dazu die Tabelle aus.

	Du	Kind aus dem 19. Jahrhundert
Montag		
Dienstag		
Mittwoch		
Donnerstag		
Freitag		
Samstag		
Sonntag		

2 Beschreibe, was du vermissen würdest, wenn du ein Kind im 19. Jahrhundert wärst.

Jugendarbeitsschutzgesetz

Schülerbuch Seite 94 – 95

1 **Benenne die Bestimmungen für Kinder, die in Deutschland arbeiten wollen, indem du die Tabelle ausfüllst.**

Alter	Bestimmungen
13 – 15-Jährige	Beispiel:
Ab 15 Jahren	

2 **Vergleiche die Arbeitsbedingungen von M1/M3 und M5/M6, indem du die Tabelle ausfüllst.**

	M1	M3	M5	M6
Name				
Alter				
Arbeit				
Möglicher Grund für die Arbeit				

3 **Kumar würde gern zur Schule gehen. Kannst du seinen Wunsch nachvollziehen? Begründe deine Meinung. Gehe dabei auch darauf ein, was sich verändern würde, wenn er eine Schulbildung hätte.**

Unser Leben mit dem Internet

Schülerbuch Seite 96 – 97

1 Werte die Diagramme M4 und M6 aus, indem du den Lückentext ausfüllst. Achte darauf, dass deine Sätze sinnvoll und vollständig sind.

Das Diagramm M4 zeigt die ______________________________

______________________________.

Die meisten Jugendlichen nutzen täglich ______________________________.

Mehr als die Hälfte ______________________________, ______________________________

und ______________________________.

Nur wenige Jugendliche ____________________, ____________________,

__________, ______________________________ und ____________________.

Am wenigsten benutzen die befragten Jugendlichen ____________________.

Das Diagramm M6 veranschaulicht die ______________________________

______________________________.

Am wenigsten waren Jugendliche im Jahr _____ und am meisten _____ online.

2 Beschreibe deine tägliche Mediennutzung. Unterscheide dabei zwischen: mehrere Stunden täglich, wenige Stunden am Tag, nur manchmal, selten.

____

____

3 Formuliere Gründe, warum 2020 die meisten Jugendlichen täglich im Internet waren.

____

____

____

____

____

____

Hass im Internet: Ist doch nur Spaß?

Schülerbuch Seite 100 – 101

1 Erkläre den Begriff Mobbing.

____

____

____

2 Vergleiche Mobbing in der realen Welt und Cybermobbing im Internet, indem du die Tabelle ausfüllst.

	Mobbing	Cybermobbing
Täter (un-/bekannt)		
Erkennbare Reaktion des Opfers (Zeit)		
Verbreitung von Hass/Gerüchten		
Gruppengröße (Täter, Zuschauer)		
Zeitpunkt		

3 Verbinde die Sätze aus Leos Geschichte mit dem Gesetz zum Schutz gegen Mobbing, gegen das die Mitschüler verstoßen haben.

Du stinkst – wasch dich endlich!	Beleidigung
Es würde uns viel besser gehen, wenn du nicht mehr da bist!	Nötigung/Erpressung
Wenn du das machst, dann machen wir dich richtig fertig!	Recht am eigenen Bild
Seit letzter Woche kursiert in der Klasse ein Foto von ihm in Unterhose.	Üble Nachrede/ Verleumdung

Jugendstrafrecht

Schülerbuch Seite 104 – 105

1 Sammle in der Tabelle Gründe für eine geringe Strafe für Max.

Hilfsfragen	Deine Begründung
Hat er schon einmal gestohlen?	
Wie fühlt Max sich jetzt?	
Was hat er getan, nachdem der Diebstahl entdeckt wurde?	
Wie ging es ihm damals?	
Wie verhalten sich nun seine Mitschüler ihm gegenüber?	
Was könnte Max aus dieser Verhandlung lernen?	
Weitere Argumente	

2 Lies den Text „Jugendstrafrecht als Erziehungsstrafrecht".
a) Nenne mögliche Erziehungsmaßregeln.

____

____

____

b) Benenne den Zweck von Erziehungsmaßregeln.

____

____

c) Welche Erziehungsmaßregel fändest du für Max geeignet? Begründe deine Meinung.

____

____

Erwachsene Straftäter: Die Rolle der Schuld

Schülerbuch Seite 106 – 107

1 Benenne die Schutzfunktionen von Strafen. Lies dazu den Text „Strafen – warum?“.

- Schutz des ______________________________
- ______________________________
- ______________________________
- ______________________________
- ______________________________

2 Wähle ein Beispiel für Urteile (Buch S. 106 M3) und erkläre die Funktion dieser Strafe.

____

____

3 Ordne die Textfelder dem Jugendstrafrecht (grün) oder dem Erwachsenenstrafrecht (gelb) zu. Lies dazu den Text „Das Gericht entscheidet“. Tipp: Es gibt ein Textfeld, das für beides gilt.

gilt ab über 21 Jahren	gilt unter 18 Jahren
gilt zwischen 18 und 21 Jahren	
typische Jugendverfehlung	erzieherische Wirkung
Mittelpunkt: Tatschuld und Sühne	

4 Erkläre, warum ein Feld sowohl für das Jugendstrafrecht als auch für das Erwachsenenstrafrecht gilt.

____

____

____

____

Strafe muss sein – wirklich?

Schülerbuch Seite 108 – 109

1 Nenne die Prinzipien der Bestrafung im Mittelalter.

- ______________________________
- ______________________________
- ______________________________

2 Nenne die auf dem Bild dargestellten Strafen. Gehe dabei so vor wie im Beispiel. Nutze dafür den Wortspeicher.

Enthaupten	*Rädern*	*Verbrennen*	*Ertränken*	*Erhängen*

3 Nenne weitere Strafen im Mittelalter außer denen auf dem Bild.

- ______________________________
- ______________________________

4 Erkläre, welche Gründe es gab, Körperstrafen besonders gegenüber Kindern abzuschaffen. Lies dazu den Text „Ohrfeigen, Schläge, dunkler Keller".

____

____

____

____

Wer bin ich – was ist Identität?

Schülerbuch Seite 120 – 121

1 Benenne die zwei Hälften, die unsere Identität beeinflussen.
Lies dazu den Text „Biologie und Umfeld prägen“ im Buch Seite 120.

durch ______________________

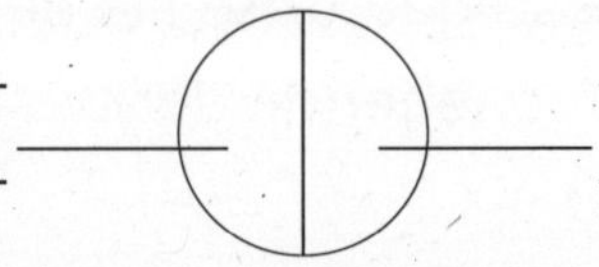

durch ______________________

2 Verbinde die Fachbegriffe mit der entsprechenden Erklärung.

Biologische Identität …	entwickelt sich meist in der Pubertät. In dieser Phase verändert man sich und probiert neue Dinge aus.
Selbstgewählte Identität …	besteht aus dem, was man zeigen möchte. Man kann mehrere haben.
Digitale Identität …	ist von Geburt an vorhanden, wie Hautfarbe, Geschlecht, Herkunft.

3 Vervollständige die Tabelle.

	typisch männlich	typisch weiblich
angeborene Eigenschaften		
anerzogene Eigenschaften		

4 Bewerte deine eigenen Stichpunkte aus Aufgabe 3.
Treffen deine Aussagen auf alle Frauen/Männer zu?

Woher kommen Rollenvorstellungen?

Schülerbuch Seite 122 – 123

1 Ordne die Rollen, die Aleyna hat, in der Tabelle ein.

Aleyna geht in die 7d der IGS. Sie hat 2 ältere Brüder und eine jüngere Schwester. Ihre beste Freundin heißt Leyla. Beiden gehen nach der Schule reiten und sind mittlerweile so gut, dass sie bei Wettbewerben mitmachen. Manchmal helfen sie am Wochenende der Besitzerin beim Reitunterricht der Kindergartenkinder.

angeborene Rolle	
erworbene Rolle	
zugewiesene Rolle (durch Gesellschaft)	
freiwillige Rolle	

2 Übertrage die Mindmap in deine Mappe und vervollständige sie.

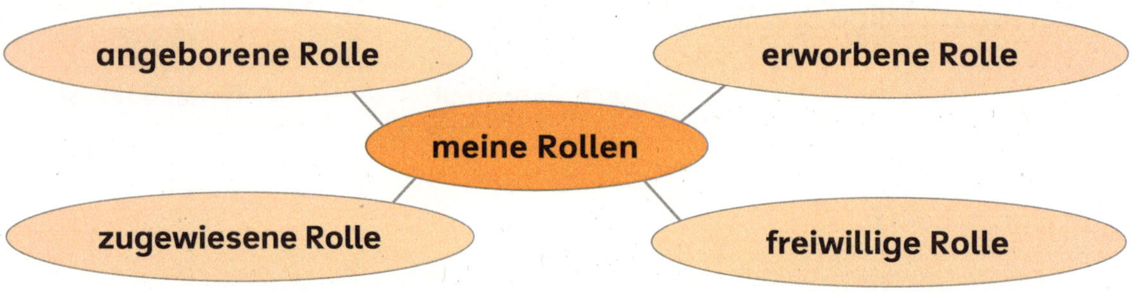

3 Erkläre, was eine „gute Schülerin" / einen „guten Schüler" ausmacht. Gehe dabei auf folgende Aspekte ein:

Schulische Leistungen: ______________________________

____

Umgang mit Mitschülern: ______________________________

____

Umgang mit Lehrkräften: ______________________________

____

Weitere Merkmale: ______________________________

____

Welche Rolle spiele ich?

Schülerbuch Seite 124 – 125

1 Erläutere den Zusammenhang zwischen einer Rolle und den Erwartungen der Gesellschaft.

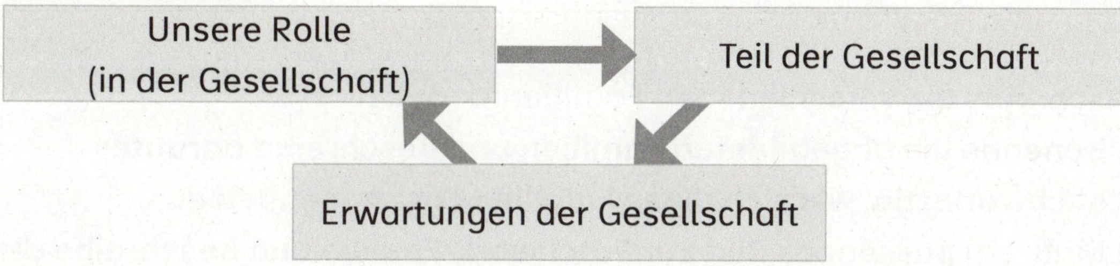

a) Erkläre die Bedeutung des Schaubildes. Lies dazu den Text „Rollen organisieren unser Zusammenleben“ im Buch Seite 124.

____

____

____

b) Übertrage dieses Wissen auf folgende Situation: Du kommst neu auf eine Schule.

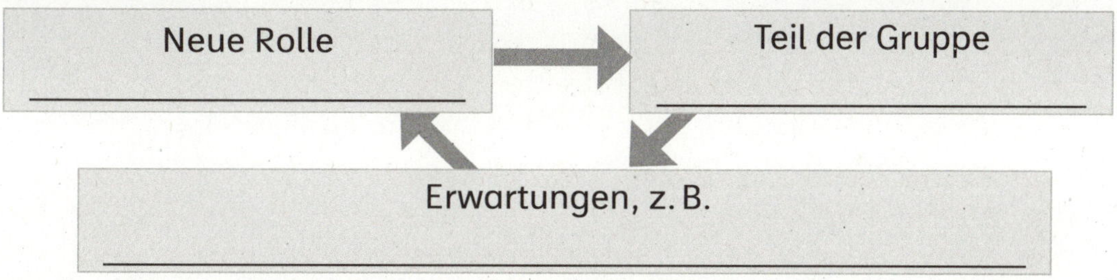

2 Benenne die selbstgewählten und vorgegebenen Rollen von Lara-Marie. Lies dazu M2 im Buch Seite 124. Ergänze die Mindmap.

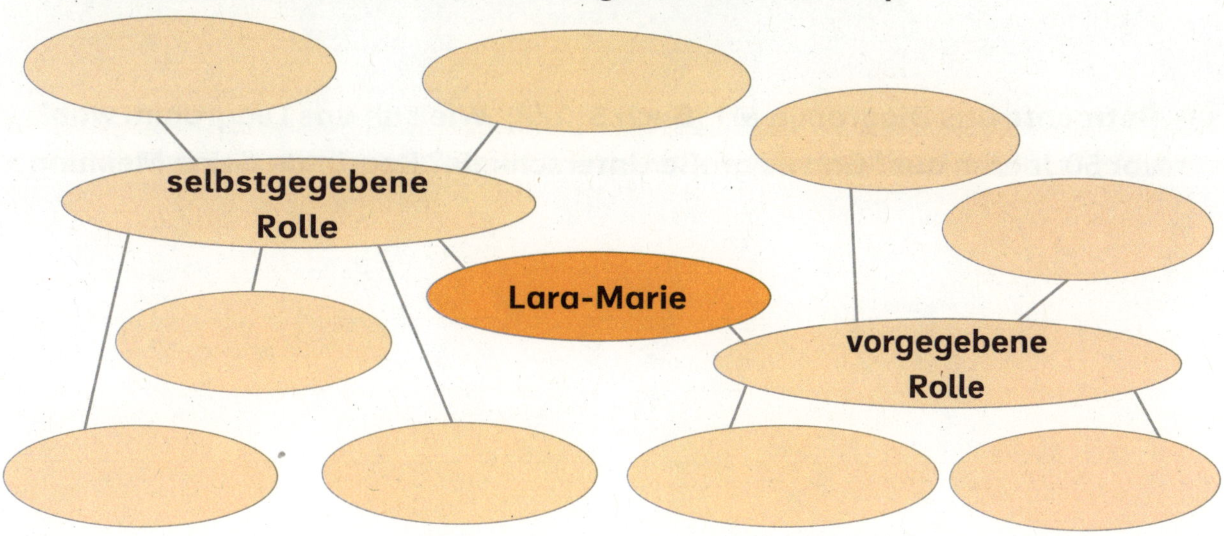

Familie

Schülerbuch Seite 128 – 129

1 Benenne die Aufgaben einer Familie.

- ______________________ - ______________________ - ______________________

2 Beschreibe die verschiedenen Familienmodelle.

a) Benenne die abgebildeten Familien und beschreibe darunter stichwortartig, wie sich diese Familien zusammensetzen.

b) Male ein passendes Bild zur Patchwork-Familie und beschreibe diese darunter.

		Patchwork-Familie	

3 Betrachte das Diagramm M1 (Buch S. 128). Wie sah das Diagramm wohl vor 50 Jahren aus? Gab es große Unterschiede? Begründe deine Meinung.

Familienpolitik

Schülerbuch Seite 132 – 133

1 **Benenne die 4 Möglichkeiten, wofür es familienpolitische Leistungen gibt. Lies dazu den Text „Unterstützung gegen die Armut“.**

- ______________________ - ______________________
- ______________________ - ______________________

2 **Begründe, warum es dem Staat wichtig ist, gerade Kinder vor Armut zu schützen. Lies dazu den Text „Ziele der Familienpolitik“.**

____

____

____

3 **Beschreibe den Zusammenhang zwischen Familien und Armut. Lies dazu M2.**
a) Entscheide, ob die folgenden Aussagen stimmen oder nicht.

Aussage	richtig	falsch
Singles oder kinderlose Erwachsene haben mehr Ausgaben als Familien.		
Bei einer Familie entstehen den Erwachsenen zusätzliche Kosten für Essen, Kleidung, Bildung, Hobbys und Unternehmungen.		
Familien mit wenigen Kindern sind häufiger von Armut bedroht.		
Alleinerziehende mit Kindern sind häufiger von Armut bedroht.		
Je mehr Kinder eine Familie hat, umso mehr Kosten entstehen für die Eltern.		
Eine Familie ist „arm“, wenn sie die Hälfte oder weniger Geld als eine durchschnittliche Familie zur Verfügung hat.		
Jedes 6. Kind ist von Armut betroffen.		
An Armut ist nur das geringe Einkommen der Eltern schuld.		

b) Beschreibe den Zusammenhang zwischen Familien (Größe, Migrationshintergrund, Beruf, Bildung, ...) und Armut in ganzen Sätzen in dein Heft. Nutze das Wissen aus a).

Was möchte ich mal werden?

Schülerbuch Seite 134 – 135

1 Lies das Stichwort „Frauenquote" auf S. 134. Bearbeite folgende Aufgaben:

a) Verbinde den Beruf mit der entsprechenden Frauenquote.

Aufsichtsrat	mindestens eine Frau
Vorstand	30 % der Führungspositionen
Behörde	gleich viele Männer und Frauen

b) Erkläre die Diskriminierung des Begriffs „Quotenfrau".

2 Beschreibe die Vor- und Nachteile der Frauenquote.

a) Übertrage die Tabelle in dein Heft.

Vorteile	Nachteile

b) Ordne die Aussagen in die Tabelle ein.

- Demotivation der Männer (wegen Quote ist ihre Qualifikation/Können egal)
- Entscheidungsfreiheit eingeschränkt
- Vorbildfunktion (Frau in Führungsposition ist ein Vorbild für andere Frauen)
- Rollenklischee wird durchbrochen (nicht mehr: Mann = Familienversorger, Frau = Haushalt und Kinder)
- Gleichberechtigung von Frauen und Männern
- Bevorzugung/Benachteiligung aufgrund des Geschlechts

c) Ergänze die Tabelle mit eigenen Ideen.

3 Beurteile, ob die Einführung der Frauenquote sinnvoll ist.

Wann beginnt Diskriminierung? (1)

Schülerbuch Seite 136 – 137

1 Erkläre die Begriffe.

a) Diskriminierung. Lies dazu den Text „Was ist Diskriminierung?".

____

____

____

b) Vorurteile. Lies dazu den Text „Wie funktioniert Diskriminierung?".

____

____

____

c) Erkläre, wie es durch Vorurteile zu Diskriminierung kommt.

____

____

____

2 Nenne Merkmale/Eigenschaften, wodurch Menschen diskriminiert werden.

a) Markiere die Wörter im Suchsel und schreibe sie darunter. Nutze M2.

Q	H	A	U	T	F	A	R	B	E	G	H	L	B	X	A	G	J	Ö	Z
E	V	L	V	B	N	W	E	L	T	A	N	S	C	H	A	U	U	N	G
R	L	T	F	E	R	K	L	Ö	G	E	S	C	H	L	E	C	H	T	T
Z	B	E	H	I	N	D	E	R	U	N	G	G	H	J	K	L	S	V	N
I	F	R	S	R	E	L	I	G	I	O	N	M	D	E	U	M	C	S	A
P	W	U	A	D	G	J	E	N	O	H	E	R	K	U	N	F	T	C	V

____

____

b) Nenne das fehlende Diskriminierungsmerkmal. Vergleiche mit M2.

____

Wann beginnt Diskriminierung? (2)

Schülerbuch Seite 136 – 137

3 Was kannst du gegen Diskriminierung tun? Formuliere Aufforderungen.

____

____

____

____

____

4 Vervollständige die Tabelle zu den Diskriminierungen in M6.

Text	Diskriminierung (Beschreibung des Falls)	Form der Diskriminierung	Häufigkeit in Deutschland (M2)
Fußballverein			
Pilotin			
Universität			
türkischer Nachname			

Rollenbilder in der Werbung (1)

Schülerbuch Seite 140 – 141

1 Beschreibe die Rollenvorstellung von Frauen und Männern in der Anfangszeit der Werbung. Lies dazu den Text „Werbung im Wandel der Zeit".

Frauen ...	**Männer ...**
sind zuständig für ______________ und ______________.	sind ______________ und interessiert an ______________.

2 Häufig werden Personengruppen mit bestimmten Verkaufsgegenständen verbunden.

a) Färbe die Personengruppe mit dem passenden Verkaufsgegenstand in einer Farbe.

Italiener | Sportler | Pizza | Kosmetik | gesunde Nahrungsmittel | Süßigkeiten | Model | Kinder

b) Nenne weitere Partner (Personen und Verkaufsgegenstand) aus der Werbung. Färbe sie wie in 2 a).

3 Beschreibe die Aufgaben des Werberats. Lies dazu die Texte „Verbotene Werbung" und „Werbung darf nicht diskriminieren". Vervollständige den Lückentext.

Der Werberat kann von jedem ________________ informiert werden, der glaubt, dass eine Werbung Vorurteile verstärkt oder Gruppen ________________. Der Werberat ________________ daraufhin die Werbung. Wenn eine ______________________ gebrochen wurde, muss das Unternehmen die Werbung ________________ und zurücknehmen. In einer Werbung darf kein Mensch wegen seiner ________________, Sprache, Herkunft, Glauben, politischen Anschauung, Alter, Behinderung oder Beruf herabgewürdigt werden.

Abstammung	*diskriminiert*	*Menschen*
kontrolliert	*verändern*	*Verhaltensregel*

Rollenbilder in der Werbung (2)

Schülerbuch Seite 140 – 141

4 Werte das Diagramm aus, indem du die folgenden Fragen beantwortest.

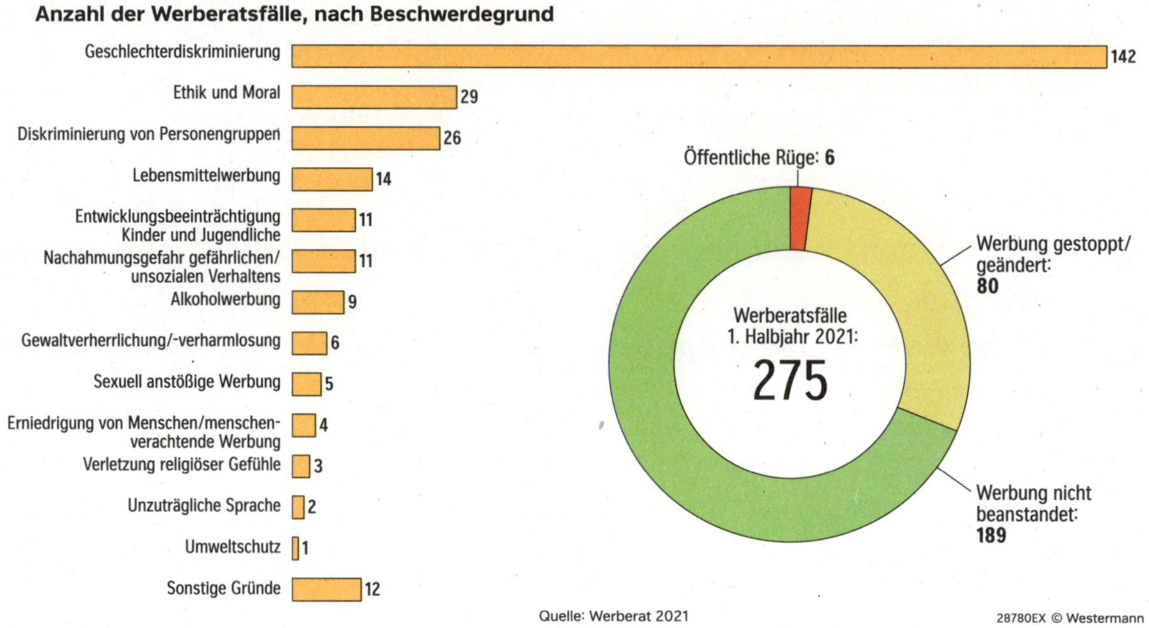

M1 Beschwerdebilanz 1. Halbjahr 2021

Wie viele Werberatsfälle gab es?	
Wie setzen sich die Werberatsfälle zusammen? (Kreisdiagramm)	
Welcher Beschwerdegrund kam am häufigsten vor?	
Welche 3 Beschwerdegründe kamen am seltensten vor?	

5 Benenne den Beschwerdegrund für M1 im Buch Seite 140 und begründe, warum diese Werbung einen Beschwerdegrund darstellt.

Ludwig XIV. und Napoleon: Macht und Mode

Schülerbuch Seite 156 – 157

1 Vergleiche die Bilder M6 und M8. Fülle dazu die Tabelle in Stichworten aus.

	M6	M8
Titel des Bildes		
Jahr		
Bekleidung von Napoleon		
Körperhaltung von Napoleon		
Aussehen und Haltung des Pferdes		
Umgebung um Napoleon		

2 Beschreibe die Veränderung Napoleons von M6 zu M8. Nutze deine Stichpunkte aus der Tabelle und formuliere einen zusammenhängenden Text.

Alle in Uniform – wie zog man sich früher an?

Schülerbuch Seite 158 – 159

1 Vergleiche die Uniformen der Fotos M1, M2 und M3 in deinem Buch.

	M1	M2	M3
Zeit			
Alter der Kinder			
Kleidung/ Uniform			

2 Beschreibe zwischen den 3 Fotos Gemeinsamkeiten und Unterschiede.

	M1	M2	M3
Unterschiede			
Gemeinsam-keiten			

3 Stell dir vor, dein Freundeskreis überlegt, dass alle Freunde das gleiche Outfit tragen sollen. Formuliere je 2 Argumente, die dafür und die dagegen sprechen.

Kleiderordnung zur Judenausgrenzung?

Schülerbuch Seite 160 – 161

1 Beschreibe die Judenkleidung im Mittelalter. Lies dazu im Buch den Text „Wie kann man mit Kleidung ausgrenzen."

2 Male den Ring in der für Juden vorgeschriebenen Farbe aus. Erkläre daneben, wofür die Farbe steht.

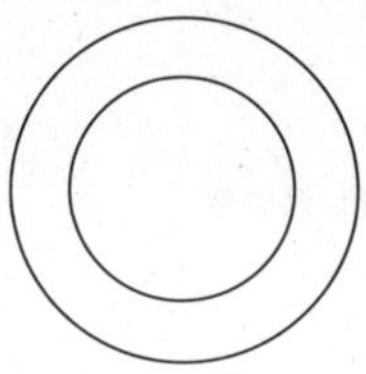

3 Beschreibe, mit welchen Mitteln die Juden im Mittelalter diskriminiert/ ausgegrenzt wurden. Vervollständige dazu die einzelnen Teilbereiche. Lies im Buch den Text „Antisemitismus im Mittelalter".

a) Wohnen:

b) Beruf/Berufswunsch:

c) Vorurteile:

d) Beschimpfungen:

Mode: Hippies und Emanzipation

Schülerbuch Seite 162 – 163

1 Skizziere die beiden typischen Symbole der „Hippies“. Erkläre ihre Bedeutung.

Symbol	Bedeutung

2 Vervollständige den Lückentext zum Thema „Protest gegen das Establishment“. Nutze den Wortspeicher.

Viele junge Erwachsene waren in den 1960er-Jahren unzufrieden mit der ______________ und wünschten sich eine Veränderung. Diese Menschen standen für ein friedliches ________________ und für ______________. Ziel der Hippies war es, ein alternatives Leben zu entwerfen, ohne ________ und ohne Einschränkungen von ______________.

Regierung	*Wünschen*	*Freiheit*	*Zusammenleben*	*Kriege*

3 Stell dir vor, du bist auf einer Demonstration zur Emanzipation. Welche Forderungen in Bezug auf die Rechte der Frauen könnten auf den Schildern stehen?

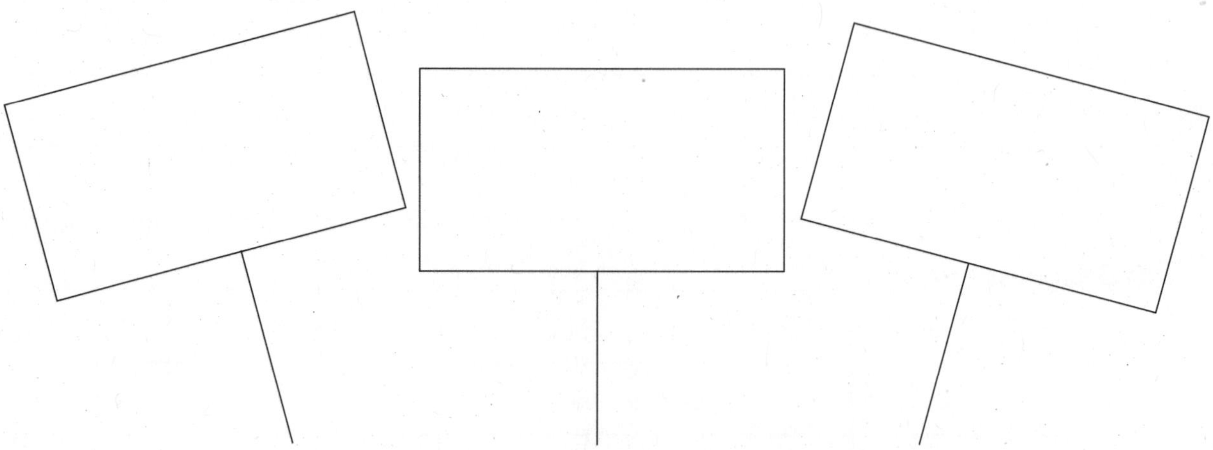

Warum litten Menschen damals für Kleidung?

Schülerbuch Seite 166 – 167

1 Beschreibe anhand des Bildes und M3 im Buch die Lebensbedingungen der Weber.

2 Erkläre den Begriff Heimindustrie. Nutze das Buch S. 167 (orangener Kasten).

3 Erläutere die Gründe, warum die Weber trotz ihrer vielen Arbeit oft unter Armut litten. Lies dazu M4 im Buch.

4 Benenne jeweils einen Vorteil und einen Nachteil des mechanischen Webstuhls. Lies dazu den Abschnitt „Aufstand der schlesischen Weber" im Buch.

Die soziale Frage

Schülerbuch Seite 168 – 169

1 Vergleiche die Lebensbedingungen der Arbeiter und Fabrikbesitzer.
a) Fülle die Tabelle aus. Nutze dazu die Bilder und den Text in deinem Buch.

	Arbeiter (M6)	Unternehmer (M7)
Anzahl der Familienmitglieder		
Kleidung der Menschen		
Anzahl und Größe der Räume		
Zimmergestaltung (z.B. Anzahl und Aussehen der Möbel, Dekoration)		

b) Erläutere die Ursachen für die verschiedenen Lebensbedingungen. Lies dazu die Text M4 und M5 in deinem Buch.

c) Bewerte die Lebensbedingungen der Arbeiter im Vergleich zu den Unternehmern. Nutze dazu die Tabelle und deine Lösung von Aufgabe b).

Was hat der Aralsee mit meinen Jeans zu tun?

Schülerbuch Seite 172 – 173

1 **Beschreibe die Lage des Aralsees. Vervollständige dazu die Tabelle.**

Halbkugel	
Kontinent	
angrenzende Länder (Lage beschreiben mit Himmelsrichtungen)	
einmündende Flüsse	

2 **Begründe, warum im Wappen von Usbekistan die Baumwollpflanze abgebildet ist. Benenne dabei auch die Bedeutsamkeit der Pflanze für das Land.**

3 **Beschreibe die Veränderung des Aralsees von 1960 bis 2010. Nutze dazu M3 und M11 im Buch.**

4 **a) Benenne den Grund für die Veränderung des Aralsees.**

b) Erläutere die Folgen für den Aralsee und die Einheimischen, die dort leben. Nutze M12 im Schulbuch.

Nord- und Südkorea

Schülerbuch Seite 174 – 175

1 Vergleiche Nord- und Südkorea. Fülle dazu die Tabelle aus. Nutze den Atlas und das Buch.

	Nordkorea	Südkorea
Halbkugel		
Kontinent		
Hauptstadt		
(mind.) 2 Flüsse		
Regierungsform		
Mode (Form)		
Freiheiten und Einschränkungen (z.B. beim Einkauf, Friseur, ...)		

2 Deine Freundin/Dein Freund will ein halbes Jahr im Ausland verbringen. Sie/Er kann sich nicht entscheiden, ob er Nord- oder Südkorea wählen soll. Formuliere einen Ratschlag. Begründe deine Meinung mit mindestens 3 Argumenten.

An deiner Stelle würde ich ________________ wählen, weil ________________

____

____

Für dieses Land spricht ebenfalls, dass ________________________________

____

____

Ein weiterer Grund für dieses Land ist, dass ____________________________

____

____

Minimalismus im Kleiderschrank

Schülerbuch Seite 180 – 181

1 Diese Tabelle zeigt das Ergebnis einer Befragung. Gefragt wurde: „Wie lange behalten Sie ein Kleidungsstück durchschnittlich, bevor Sie es aussortieren?". Werte die Tabelle aus.

	Oberteile kurzärmlig	Hosen	Oberteile und Mäntel	Schuhe
Weniger als 1 Jahr	8 %	6 %	3 %	12 %
1 – 3 Jahre	50 %	45 %	22 %	49 %
Mehr als 3 Jahre	42 %	49 %	75 %	39 %

2 Zum Thema Übermengen an Kleidungsstücken, die jeder hat, sagte die Modedesignerin Vivienne Westwood: „Buy less, choose well, make it last." (frei übersetzt: „Kaufe weniger, wähle bewusst aus, pflege es gut").

a) Erkläre, was sie damit meint.

b) Beurteile die Einstellung von Vivienne Westwood. Wie stehst du zu ihrem Zitat?

Warum kam es zur industriellen Revolution?

Schülerbuch Seite 192 – 193

1 Erkläre mithilfe des Stichwortes, was man unter Industrialisierung versteht.

____

____

____

2 Erkläre im Zusammenhang mit der Industrialisierung, welche Bedeutung die Maschinen bekamen bzw. haben. Gehe dabei so vor:

a) Lies den Text „Maschinen ersetzen die Naturkräfte" und schreibe dir wichtige Informationen raus.

____

____

____

____

b) Benenne die Vorteile vom Einsatz von Maschinen.

____

____

c) Schreibe in dein Heft, wie die Maschinen das Leben der Menschen erleichterten. Nutze dazu deine Antworten aus Aufgabe a) und b).

3 Ordne die Erfindungen aus M4 in die Tabelle ein.

Frühphase	Hochphase

4 Beurteile, wie diese Erfindungen das damalige Leben beeinflusst haben. Schreibe in dein Heft.

Industrialisierung: Was wirkt bis heute nach?

Schülerbuch Seite 194 – 195

1 **Durch die Industrialisierung wurde die Natur verändert. Ermittle zwei Industrieräume und ihre Nutzung um 1850. Beschreibe und erkläre die Veränderungen zu heute. Trage die Ergebnisse in die Tabelle ein.**

M1 Industrieräume früher und heue

Industrieraum Deutschland (Lage/Name)	Nutzung um 1850	Was hat sich verändert?

Ausbeutung und Kolonialismus

Schülerbuch Seite 196 – 197

1 Nenne mithilfe von M7 die Rohstoffe, auf die Deutschland in Südwestafrika aus war.

____

2 Erkläre die Begriffe Kolonie und Kolonialismus, indem du die richtige Definition dem jeweiligen Begriff zuordnest.

Begriff	Definition
Kolonie	Die Beherrschung eines Landes oder Gebietes von fremden Kulturen.
Kolonialismus	Ein Gebiet, das von anderen eingenommen wurde, um mehr Freundschaften zu haben.
	Die Beherrschung eines Landes oder Gebietes von Einheimischen.
	Ein Gebiet, das von anderen eingenommen wurde, um an mehr Rohstoffe und Land zu kommen.

3 Beschreibe, wie die bisherigen Bewohner Südwestafrikas lebten.

____

4 Beschreibe, wie die Deutschen sich gegenüber den Einheimischen verhalten haben (Text).

____

____

____

5 Erläutere, wie die Wiedergutmachung (M9) aussieht.

____

____

____

____

____

____

Wem gehört die Arktis?

Schülerbuch Seite 200 – 201

1 **Nenne die Rohstoffvorkommen der Arktis (M1).**

____

____

2 **Beschreibe die Entstehung von Erdöl und Erdgas mithilfe der Abbildungen.**

	Erklärung
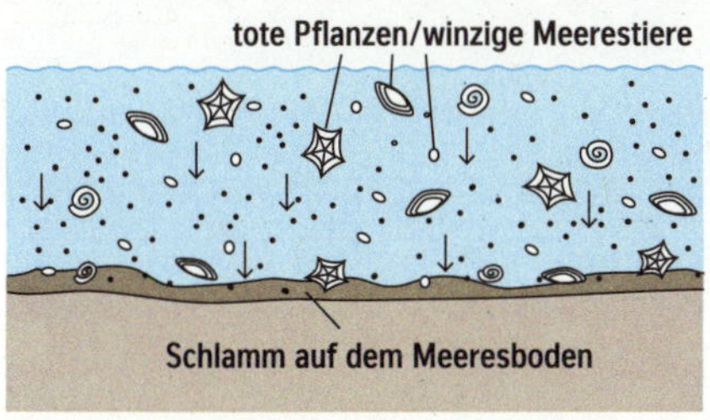	
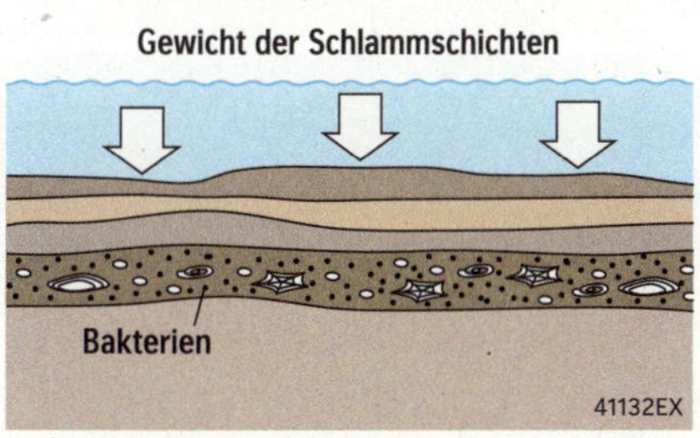	
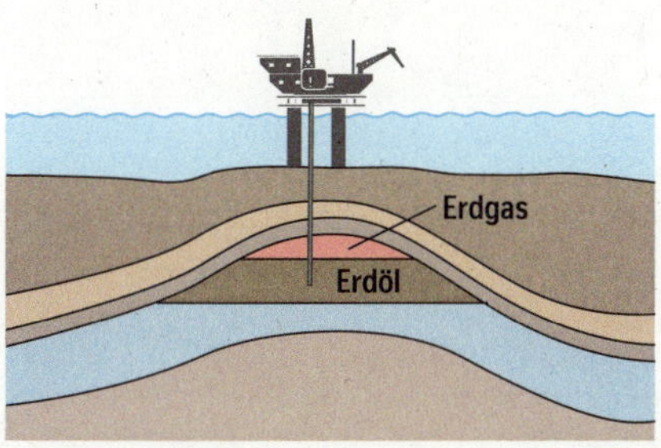	

3 **Nenne direkte Auswirkungen des Klimawandels auf die Arktis (Text „Folgen des Klimawandels in der Arktis“, M6).**

____

____

____

Alternative Energien

Schülerbuch Seite 204 – 205

1 Beschreibe die Nutzung erneuerbarer und nicht erneuerbarer Energieträger. Fülle dazu die Tabelle mithilfe von M2 aus.

Energien	Elektrizität		Fernwärme (warmes Wasser)		Brennstoffe, z. B. Benzin	
Energieträger						
Beispiele						
Nutzung						

2 Erkläre Gemeinsamkeiten und Unterschiede, indem du die Nutzung (Häufigkeit) der einzelnen Energieträger beschreibst.

3 Beurteile, warum in Zukunft die Nutzung der erneuerbaren Energien eine große Rolle spielen wird.

Upcycling

Schülerbuch Seite 216 – 217

1 Erkläre die Begriffe Recycling und Upcycling in eigenen Worten.

2 Recherchiere im Internet nach Beispielen für Recycling und Upcycling. Trage deine Ergebnisse in die Tabelle ein.

Beispiele für Recycling	Beispiele für Upcycling

3 Beschreibe den Verwertungsweg einer Banane, Blumenerde und trockenen Ästen, indem du eine Skizze mit Erklärungen zeichnest. Nutze M1.

4 Nimm Stellung zur Aussage „Müll – Rohstoff der Zukunft?“. Nutze M6.

Die Aufklärung: Gewaltenteilung

Schülerbuch Seite 228 – 229

1 **Markiere Begriffe, die für die „Aufklärung“ stehen, in grün und Begriffe, die dagegen sprechen, in rot.**

Aberglaube *Selbstbestimmungsrecht*
Toleranz *Freiheit* *Vorurteile* *Gleichheit*
Standesunterschiede *ungerechte Herrschaft*

2 **Beschreibe die Gewaltteilung, indem du**
a) die Fachbegriffe neben die Bilder schreibst.
b) mindestens 3 Mitglieder benennst.
c) die Aufgabe kurz beschreibst.

Bild	Fachbegriff	Mitglieder	Aufgabe

3 **Begründe, warum eine Gewaltenteilung besser als eine Alleinherrschaft ist.**

______

______

______

______

Die Aufklärung: Menschenrechte

Schülerbuch Seite 230 – 231

1 Entscheide, ob die folgenden Aussagen stimmen oder nicht.
Lies dazu im Buch Seite 230 „Kant und die Würde des Menschen".
a) Kreuze in der Tabelle an.
b) Verbessere die falschen Aussagen.

Aussage	richtig	falsch
Für Kant ist der Mensch ein vernünftiges Wesen.		
Alle Tiere und Menschen können selbstbestimmt leben.		
Durch die Selbstbestimmung besitzt der Mensch Freiheit und Stärke.		
Der Mensch hat die Pflicht, moralisch gut zu handeln.		
Man handelt moralisch gut, wenn man die Würde des Anderen achtet.		

2 Benenne eine Frau, die für gleiche Rechte zwischen Männern und Frauen eintrat, und beschreibe ihre Forderung.

____

____

3 Verbinde die Jahreszahl mit dem dazugehörigen Ereignis.

Mitte 19. Jahrhundert	Frauen erhalten in Finnland als erstes europäisches Land das Wahlrecht.
1906	Frauen dürfen in Deutschland wählen gehen und sich wählen lassen.
1919	Frauen demonstrieren für ihre Rechte und fordern besonders das politische Wahlrecht.

4 Passt das Wahlrecht der Frauen zu den Grundsätzen der Aufklärung?

____

____

____

____

Die amerikanische Revolution

Schülerbuch Seite 232 – 233

1 Nenne 3 Gründe für die Flucht der Siedler aus Europa.

______________________ ______________________

____

2 Benenne die Länder Europas, aus denen die Siedler flohen.

______________________ ______________________

______________________ ______________________

______________________ ______________________

3 Beschreibe den Verlauf des Unabhängigkeitskrieges, indem du die Satzanfänge beendest. Lies dazu im Buch den Text „Die Unzufriedenheit wächst".

Es kam zum Unabhängigkeitskrieg zwischen ______________________

______________________.

Alle politischen Entscheidungen ______________________

______________________.

Das Parlament in England entschied, dass die ______________________

______________________.

Die Kolonien lehnten dies aber ab, weil ______________________

______________________.

Nach zahlreichen Protestaktionen kam es ______________________

______________________.

Am 4.7.1776 ______________________

______________________.

1783 erkannte Großbritannien ______________________

______________________.

Zum ersten Präsidenten der USA ______________________

______________________.

Proteste in Frankreich: der dritte Stand

Schülerbuch Seite 234 – 235

1 Recherchiere online und erkläre den Begriff Frondienst.

2 Beschrifte das Kreisdiagramm mit „Standeslose und dritter Stand“ und „erster und zweiter Stand“.

Anteil an der Bevölkerung

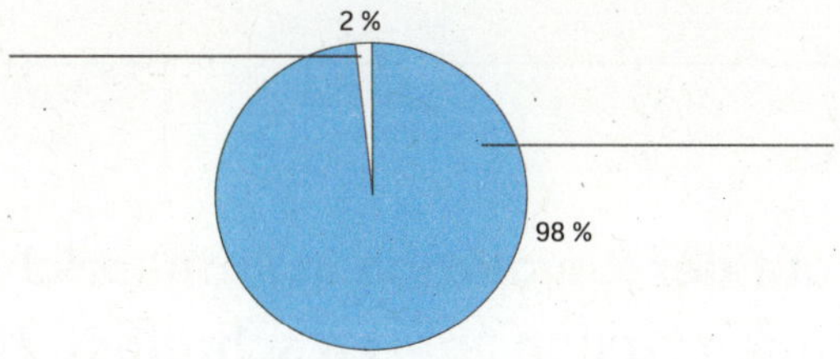

3 Fülle die Tabelle zum dritten Stand aus. Nutze dazu im Buch M1 und den Text „Die französische Ständegesellschaft“.

Personen	
Lebensverhältnisse	
Pflichten	

4 Beurteile die Lebensverhältnisse des dritten Standes. Tipp: Sind ihre Rechten und Pflichten fair gegenüber den anderen Ständen?

1789 – Freiheit, Gleichheit, Brüderlichkeit?

Schülerbuch Seite 236 – 237

1 **Wähle 3 Artikel der Menschen- und Bürgerrechte von 1789 (M4 Seite 237) aus. Formuliere daraus Forderungen für Demoplakate, wie im Beispiel.**

Recht auf RELIGIONS-FREIHEIT!			

2 **Beschreibe den Ablauf der Revolution in Frankreich, indem du neben den Zeitstrahl Informationen zu den Jahren schreibst. Nutze den Text „Von der Monarchie zur Republik".**

26.8. 1789	
1791	
1792	
1793	
1793-1799	
1799	
1804	

Novemberrevolution 1918 in Deutschland

Schülerbuch Seite 238 – 239

1 Bringe die Ereignisse in die richtige zeitliche Reihenfolge, indem du die Zahlen 1 bis 6 davor schreibst. Nutze dazu den Text „Die Situation in Deutschland 1918".

☐ Kriegsende	☐ Sturz der Monarchie	☐ Gründung Arbeiter-/ Soldatenräte
☐ Ausruf der Republik	☐ Wahlen zur Nationalversammlung	☐ Meuterei

2 Nenne die Besonderheit der ersten Wahlen zur Nationalversammlung.

____

3 Beschreibe die Sorgen und Nöte der Bevölkerung 1918, indem du die Fragen in der Tabelle beantwortest. Nutze die angegebenen Quellen im Buch.

Quellen	Fragen	Antwort
Text „Die Situation in Deutschland 1918" (S. 238)	a) Welche Erfahrungen hatten die Menschen aus dem Krieg? b) Warum gab es eine Meuterei? c) Warum haben sich danach die Arbeiter angeschlossen?	
M4 (S. 239)	d) Welche Unterschiede gab es zwischen 1916 und 1918? e) Was bedeutete das für die Menschen?	
M6 (S. 239)	f) Welche Folgen hatte der Erste Weltkrieg?	

Montagsdemos 1989: „Wir sind das Volk!“?

Schülerbuch Seite 240 – 241

1 Löse das Kreuzworträtsel.

1. Wie lautet die Abkürzung für Staatssicherheit?
2. Wo gab es anfangs noch den Freiraum, seine Meinung offen zu äußern?
3. Wie hieß ein wichtiger Treffpunkt in der Leipziger Nicolaikirche?
4. Über welches Land flohen die Menschen 1989 aus der DDR in die Bundesrepublik?
5. Welche politische Abschaffung wurde gefordert?
6. An welchem Tag fanden die Demonstrationen statt?
7. Wie reagierte der Staat auf die Demos?

2 Erkläre den Begriff „friedliche Revolution“.

Allgemeine Erklärung der Menschenrechte

Schülerbuch Seite 242 – 242

1 Beschreibe die Entwicklung der UNO, indem du auf diese Punkte eingehst:

a) Ursache der Gründung: ______________________

____

b) ursprüngliches Ziel: ______________________

____

c) die Anzahl der Staaten: ______________________

____

2 Laut Eleanor Roosevelt sollte man zuerst darauf achten, dass die Menschenrechte in der Nachbarschaft eingehalten werden und anschließend kann man den räumlichen Blick vergrößern.

a) Beschreibe, auf welche Menschenrechte du/man in der Nachbarschaft achten könntest/könnte (M5 im Buch S. 243).

____

____

b) Was macht es einfacher, in der Nachbarschaft darauf zu achten?

____

____

____

c) Beschreibe die Schwierigkeit, in weit entfernten Ländern auf die Einhaltung der Menschenrechte zu achten.

____

____

____

____

d) Stimmst du Eleanor Roosevelt zu? Begründe deine Meinung.

____

____

Die Macht der Bilder

Schülerbuch Seite 250 – 251

1 Färbe die Textfelder grün, die für traditionelle Proteste stehen, und gelb, die für moderne Proteste stehen.

Flugblätter	Instagram/TikTok/YouTube		E-Petitionen
Fernsehberichte aus aller Welt	Hashtags	Transparente (Schilder)	Megafon
(ausschließlich) auf der Straße demonstrieren	Fotos/Bilder versenden	Online-Videos/ Livestream	

2 Erkläre, warum die Fotografie eine Veränderung der Proteste bewirkte. Kreuze die beiden richtigen Antworten an.

- ☐ Durch Fotos können Ereignisse festgehalten und verbreitet werden.
- ☐ Durch Fotos konnten viele Menschen ihren Lebenslauf verschönern.
- ☐ Durch Fotos erfahren mehr Menschen und Länder von Protestbewegungen.
- ☐ Durch Fotos macht man Menschen auf die besondere Fotoqualität aufmerksam.

3 Moderne Proteste sind eine Mischung aus traditionellen Protesten und modernen Formen. Lies dazu den Text „Die Veränderung der Protestkultur“.
a) Beschreibe die Mischung.

Unter traditionellen Protesten versteht man, ______________________________

____

____

____

b) Erkläre den Vorteil der modernen Proteste.

Durch das Internet, ______________________________

____

____

____

Orte der Proteste

Schülerbuch Seite 252 – 253

1 Beschreibe eine Protestbewegung (Beispiele Kairo 2011 und Kiew 2013), indem du die Tabelle ausfüllst. Nutze dazu dein Buch Seite 252.

	Tahrir-Platz in Kairo 2011	Maidan-Platz in Kiew 2013
Bild-beschreibung		
dein Eindruck		
Gründe für den Protest		
Gründe für die Wahl des Platzes (Was ist das Besondere an dem Ort?)		

2 Wähle eine Protestbewegung von Aufgabe 1 und erkläre in Form eines Twitter-Beitrags (ein Beitrag hat maximal 280 Zeichen), warum der Platz von den Demonstranten gewählt wurde.

Toleranz und Freiheit (1)

Schülerbuch Seite 268 – 269

1 Vervollständige die Tabelle unter der Karte.
a) Nenne für jede Spalte 10 Länder.
b) Färbe die Länder rot, wenn sich die Lage verschlechtert, gelb, wenn die Lage unverändert ist und grün, wenn sich die Lage verbessert.

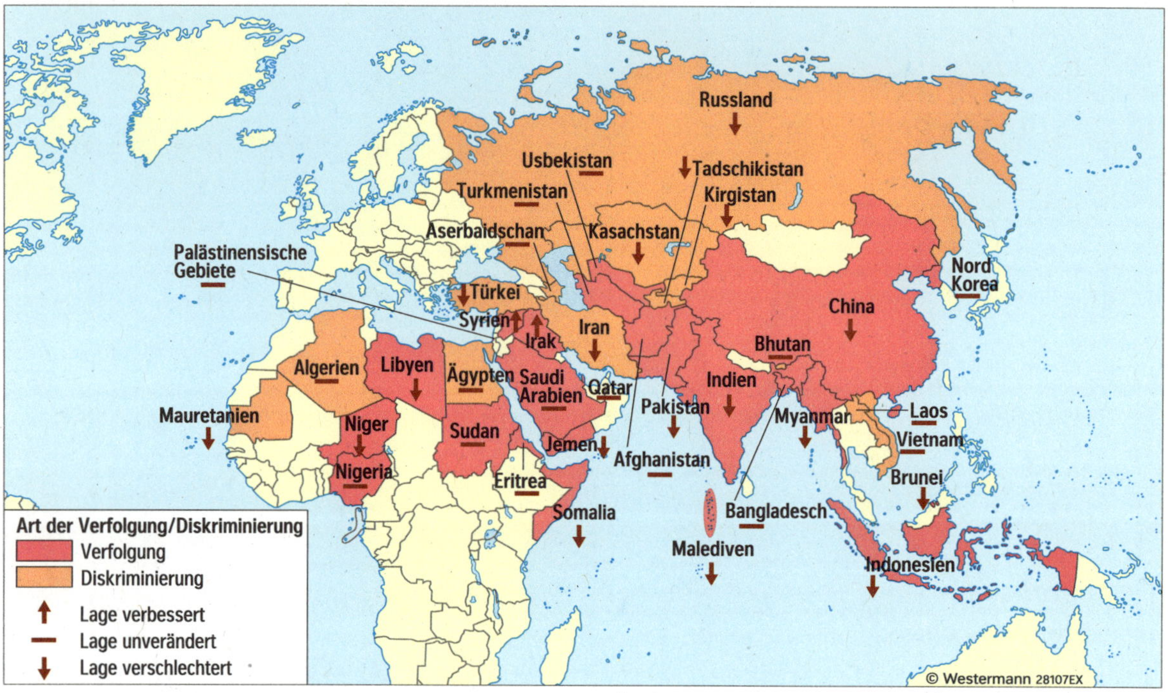

M1 Verletzungen der Religionsfreiheit

Diskriminierung	Verfolgung

Toleranz und Freiheit (2)

Schülerbuch Seite 268 – 269

2 Werte das Diagramm M3 „Religionszugehörigkeit in Deutschland" aus, indem du die Satzanfänge beendest.

Das Diagramm zeigt ____________________.

Die meisten Menschen in Deutschland ____________________

____________________.

Zwei starke Religionen sind ____________________

und ____________________.

Die wenigsten geben ____________________

____________________.

3 Formuliere mögliche positive Veränderungen, die durch Projekte wie „House of One" bei den Menschen entstehen können. Du kannst die folgenden Wörter als Hilfe benutzen.

Vorurteile Toleranz Offenheit Interesse Gemeinsamkeiten Freundschaften

____

____

____

____

____

____

____

____

____

____

____

Jugendliche im „Heiligen Krieg“

Schülerbuch Seite 270 – 271

1 Lies die Texte und markiere wichtige Informationen.

Islam
Der Islam ist die zweitgrößte Weltreligion, deren Anhänger man Muslime nennt. Sie glauben an Allah und gehen zum Beten in die Moschee. Ihre „Heilige Schrift“ ist der Koran, in dem unter anderem alle Regeln und Gebote stehen. Darunter befindet sich auch die Regel, Gutes zu tun und Schlechtes zu vermeiden. Das Ziel der Muslime ist es, Allahs Gebote zu beachten und so leben, dass es ihm gefällt.

Islamismus
Der Islamismus ist keine Religion, sondern eine extreme politische Bewegung. Die Anhänger sind auch Muslime, aber ihnen sind politische Macht und die Durchsetzung ihrer Regeln wichtig. Um dieses Ziel zu erreichen, setzen manche Gewalt ein. In einem islamistischen Land werden „Andersgläubige“ oder „Ungläubige“ meist ausgeschlossen/nicht erlaubt und Frauen sind nicht gleichberechtigt.

2 Vergleich den Islam mit dem Islamismus.
a) Beantworte die Fragen in der Tabelle.
b) Markiere Unterschiede rot und Gemeinsamkeiten grün.

	Islam	Islamismus
Was ist das?		
Wer sind die Anhänger?		
Was ist das Ziel?		
Wie gelangen sie an ihr Ziel?		

3 Beurteile, ob die Taten des IS sich mit den Lehren des Islam vereinen lassen. Nutze dein Wissen aus Aufgabe 2.

Jerusalem – Wiege von drei Weltreligionen

Schülerbuch Seite 274 – 275

1 **Benenne die Bauwerke und für welche Religion sie wichtig sind.**

Bild			
Bauwerk			
Religion			

2 **Werte den Text in M12 (Buch Seite 275) aus.**

a) Ordne die wichtigsten Aussagen den drei Religionen zu.

Islam: ______________________________

____

Christentum: ______________________________

____

____

____

Judentum: ______________________________

____

____

b) Im Text steht, dass Jerusalem eine „zerrissene“ Stadt sei. Wie könnte das gemeint sein? Formuliere Vermutungen und begründe sie.

____

____

____

____

____

____

Reformation – warum spaltet sich die Kirche?

Schülerbuch Seite 278 – 279

1 Was verbanden die Menschen im Mittelalter mit dem Fegefeuer (Hölle) und dem Himmel?

a) Färbe die Begriffe, die zum Fegefeuer gehören, rot und die, die zum Himmel gehören, blau.

Glück	***Frieden***	***Teufel***	***Seelenheil***	***Angst***
Sünden	***Gott***	***Schmerzen***	***Strafe***	***Erlösung***

2 Bringe die Sätze in die richtige Reihenfolge. Lies dazu den Text „Der Ablasshandel".

- ◯ Einen Schutz vor dem Fegefeuer erhielt man durch den Kauf von Ablassbriefen.
- ◯ Die Christen glaubten, dass sie nach dem Tod im qualvollen Fegefeuer landen würden.
- ◯ Es kam zum Boom von Ablassbriefen im Mittelalter.
- ◯ Damit kaufte man sich von seinen Sünden frei.
- ◯ Der Papst versprach Erlösung von den Qualen.

3 Erkläre den Satz von Tetzel: „Sobald das Geld im Kasten klingt, die Seele in den Himmel springt."

____

____

____

____

____

4 Erkläre, dass die These 36 von Luther den Ablassbriefen widerspricht. Lies dazu die These in M4 Seite 279 nach.

____

____

____

Der 30-jährige Krieg – ein Religionskrieg?

Schülerbuch Seite 280 – 281

1 Beschreibe die Karte M1 im Buch Seite 280, indem du die Fragen in ganzen Sätzen beantwortest.

Wofür stehen die Farben?	
Welche Religion überwiegt?	
Welche Religion überwiegt bei den Nachbarländern?	
Welche Religion überwiegt im Allgemeinen?	

2 Bringe die zeitliche Abfolge des Auslösers des 30-jährigen Krieges in die richtige Reihenfolge. Ergänze gegebenenfalls Jahreszahlen.

◯ Beginn des 30-jährigen Krieges.

◯ _______: Der Kaiser geht gegen die Protestanten vor. Daraufhin werfen Protestanten zwei Beamte des Kaisers auf dem Fenster der Prager Burg.

◯ _______: Die protestantischen Landesfürsten gründen die Union.

◯ _______: Der Kaiser und die katholischen Landesfürsten schließen sich zur Liga zusammen.

3 Begründe, warum der 30-jährige Krieg in 4 Etappen unterteilt wurde.

____

____

____

____

____

Frauen wurden als „Hexen“ verbrannt

Schülerbuch Seite 282 – 283

1 Erkläre den Begriff Sündenbock. Recherchiere gegebenenfalls im Internet.

2 Markiere im Wortsuchsel 4 Ursachen für die „Suche“ nach Hexen. Schreibe sie darunter. Lies für die Aufgaben den Text Seite 282.

X	V	E	T	Z	I	O	P	A	N	D	E	M	I	E	N	P	I	T	W
V	E	R	N	T	E	A	U	S	F	A	L	L	L	U	F	T	H	O	E
C	B	H	J	I	O	P	J	T	E	R	T	S	G	T	H	N	K	D	R
M	O	N	D	F	E	K	R	A	N	K	H	E	I	T	E	N	R	T	J

3 Erläutere, inwiefern Frauen bzw. Hexen für die Pest verantwortlich gemacht wurden.

4 Die Bader-Ann (im Buch S. 283 M5) wurde als Hexe angeklagt und tagelang durch Folterungen gequält. Obwohl sie keine Hexe war, sagte sie irgendwann doch, dass sie eine Hexe sei. Erkläre ihre veränderte Meinung (Warum log sie?).

Nordirland – Religionskonflikt

Schülerbuch Seite 284 – 285

1 Beschrifte die Karte mit „Irland" und „Nordirland". Trage die Namen der Städte ein. Arbeite mit dem Atlas.

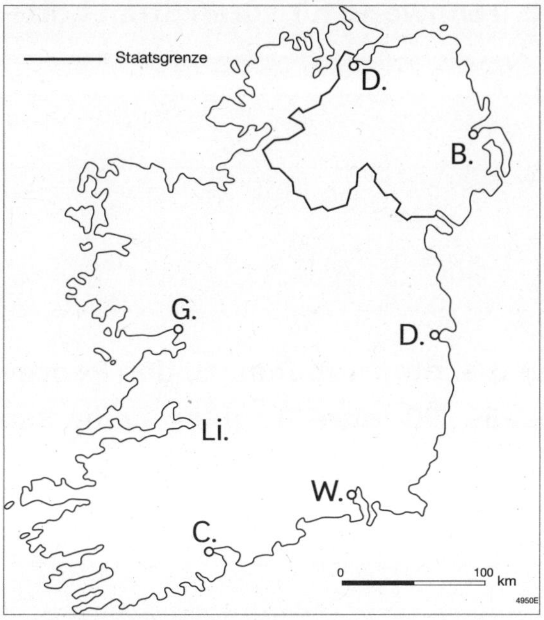

M1 Irland und Nordirland

Städte:

D. ____________________

B. ____________________

G. ____________________

D. ____________________

Li. ____________________

W. ____________________

C. ____________________

2 Beschreibe die Gründe für den Bürgerkrieg, indem du den Lückentext vervollständigst. Nutze den Text im Buch Seite 284 und den Wortspeicher.

Die katholische Bevölkerung war in Nordirland lange Zeit eine ________________. Die Protestanten bildeten die ____________________. Die katholischen Bürger fühlten sich unterdrückt und ________________. Es bildeten sich ____________________________, die gleiche Rechte für die ________________Bevölkerung forderten. Die __________ – eine katholische Kampforganisation – mischte sich in den Konflikt ein, sodass es in den 1960er- und 1970er-Jahren zu gewaltsamen __________________________ zwischen Katholiken und ________________ kam. Den brutalen Konflikt zwischen den beiden Religionen bezeichnete man als ____________________.

Bürgerrechtsbewegungen	*Minderheit*	*Auseinandersetzungen*	*Bürgerkrieg*	
benachteiligt	*Mehrheit*	*IRA*	*katholische*	*Protestanten*

Der Nordirlandkonflikt

Schülerbuch Seite 284 – 285

1 Stell dir vor, du streitest dich mit deiner Tischnachbarin. Die Lehrkraft stellt eine hohe Trennwand zwischen euch auf.

a) Beschreibe, welche Wirkung diese Trennwand für euren Streit hätte.

b) Übertrage deine Ideen von 1 a) auf die Informationen zu den Peacewalls („Friedensmauern") im Buch Seite 285 „20 Jahre Troubles – eine Bilanz". Beantworte dazu die Aufgaben.

Beschreibe, welche kurzzeitige positive Wirkung diese Mauer für beide Seiten hatte.	
Beschreibe, was durch ein Aufstellen einer Mauer nicht stattfindet.	

c) Erläutere abschließend, ob die „Peacewalls" eine sinnvolle Problemlösung darstellen. Nutze deine Informationen aus Aufgabe 1 b).

Das christliche und islamische Bilderverbot

Schülerbuch Seite 286 – 287

1 **Vergleiche die Bilder, indem du die Tabelle ausfüllst.**

Bild		
Religion		
Bild-beschreibung		
Darstellung von		
Aspekte des Bilderverbotes der Religion		

2 **Erläutere den Grund von Chérif und Saïd Kouachis Attentat auf Charlie Hebdo.**

Bildquellenverzeichnis

|akg-images GmbH, Berlin: 17.1, 40.1, 43.1, 106.1; Mondadori Portfolio/Anelli, Sergio 151.2; Nimatallah 75.1; Roland und Sabrina Michaud 151.1. |Alamy Stock Photo (RMB), Abingdon/Oxfordshire: incamerastock 41.1; Marka 145.1. |Berghahn, Matthias, Bielefeld: 23.1, 27.1, 85.1. |bpk-Bildagentur, Berlin: 65.1, 121.1. |Bridgeman Images, Berlin: Photo Josse 13.1, 13.2, 13.3. |Commerzbank AG, Frankfurt/M.: 39.2. |fotolia.com, New York: lunaundmo 110.2. |Getty Images, München: ZAID AL-OBEIDI 73.1. |Güttler, Peter - Freier Redaktions-Dienst (GEO), Berlin: 51.1. |iStockphoto.com, Calgary: 59.1. |Kartographie Michael Hermes, Hardegsen Hevensen: 129.1, 129.2, 129.3. |Miele & Cie. KG, Gütersloh: 39.1. |Mithoff, Stephanie, Ahorn: 15.1, 25.1, 49.1, 83.4, 84.1, 84.2, 84.3, 84.4, 84.5, 84.6. |Nußbaum, Dennis, Koblenz: 83.1, 83.2, 83.3. |Pfannenschmidt, Dirk, Hannover: 53.1. |Picture-Alliance GmbH, Frankfurt a.M.: AFP / Menahem_Kahana 145.2; dpa-Zentralbid/Berliner Verlag 43.2; Rothermel, Winfried 145.3. |Ruthe, Oda, Braunschweig: 121.2, 121.3. |Shutterstock.com, New York: Africa Studio Titel; Golovnev, Oleg 67.1. |stock.adobe.com, Dublin: Pixel-Shot 110.3; Schwier, Christian 110.1; Tran-Photography 35.1; VRD 95.1.